# L'ODEUR DU FIGUIER

Italienne, Simonetta Greggio écrit en français. Elle est l'auteur de cinq romans, *La Douceur des hommes* (2005), *Col de l'Ange* (2007), *Les Mains nues* (2009), *Dolce Vita 1959-1979* (2010), *L'homme qui aimait ma femme* (2012), et de deux recueils de nouvelles, *Étoiles* (2006), *L'Odeur du figuier* (2011). Elle vit entre Paris et la Provence.

*Paru dans Le Livre de Poche :*

LE COL DE L'ANGE

DOLCE VITA 1959-1979

LA DOUCEUR DES HOMMES

ÉTOILES

LES MAINS NUES

SIMONETTA GREGGIO

# *L'Odeur du figuier*

NOUVELLES

FLAMMARION

ISBN : 978-2-253-16294-0 – 1re publication LGF

*À ceux que j'ai aimés en les quittant.*
*À ceux que j'ai quittés en les aimant.*

# Acquascura

*Déjà la nuit contemplait les étoiles*
*et notre joie se métamorphosa vite en pleurs*
*jusqu'à ce que la mer se fût refermée sur nous.*

Jean-Luc GODARD, *Le Mépris.*

Quand ils revenaient de la mer, brunis et asséchés par le soleil et le sel, ils étaient si crevés qu'ils n'avaient même plus la force de se parler. Aveuglée par le sable et la sueur, Chiara se traînait jusqu'à la salle de bains pendant que Tsvi s'aspergeait avec le tuyau du jardin. Après seulement ils s'étendaient sur les chaises longues et, en soupirant de bien-être, ils échangeaient les premiers mots. Tout bas, comme pour ne pas déranger les derniers sifflements des oiseaux dans les citronniers. Ils se tenaient par la main dans le crépuscule, le regard perdu dans le vide.

Cette maison d'Acquascura n'était qu'un cabanon amélioré, un tas de pierres sèches avec un toit gondolé auquel il manquait des tuiles, trois minuscules pièces au-dessus d'un moulin à huile désaffecté. Murs chaulés et cheminée, les chambres ouvraient sur une terrasse en pierre grise, un balcon aux volutes de fer forgé étouffé par la glycine et la vigne vierge. De là, on ne voyait que le bleu de la mer et celui du ciel.

C'était la propriété de Chiara, son berceau de famille. Enfant, elle y avait passé toutes ses vacances. Née à Naples, fille unique et orpheline – un accident de voiture lui avait ôté ses parents –, ce bien était sa seule richesse et son lieu de mémoire.

Tsvi et elle la considéraient comme une tanière, un nid douillet. Ils supportaient tout : la salle de bains aux murs fleuris de moisissures vertes aussi luxuriantes qu'une forêt de fougères, l'absence d'eau chaude – à certaines heures l'électricité sautait – jusqu'à la pente abrupte qui leur coupait les jambes jour après jour, ce raidillon parfumé d'immortelles, creusé par les chèvres, qui grimpait de la plage jusqu'à leur porte.

Tous les étés à partir du mois de juin ils s'y installaient, s'y attardant souvent jusqu'à la dernière minute avant la rentrée des classes. C'était le bon côté de leur travail de professeurs, ces grandes vacances. Le mauvais côté, c'était surtout Tsvi qui le subissait, car si Chiara avait fini par être titularisée, lui voguait encore dans des turbulences professionnelles qui l'épuisaient. Il était ce qu'on appelle un « *precario scaduto* », un précaire périmé. Il trouvait ça moyennement drôle.

L'année qui venait de s'écouler avait été rude. Après quelques remplacements à l'automne, Tsvi avait été obligé d'aller travailler au noir dans l'entreprise en bâtiment d'un de ses anciens copains d'école. Assez bon menuisier, il n'avait pas eu de mal à trouver ce petit boulot. Son ami avait été plus que ravi de l'embaucher car il le savait acharné à la besogne. Mais, souvent distrait, Tsvi était sujet aux accidents. Des foulures ou des bleus sans importance jusqu'au printemps dernier, quand il était tombé d'un échafaudage. Il avait perdu connaissance et était resté hospitalisé plusieurs jours. Les médecins, méfiants, l'avaient relâché en maugréant malgré les bons résultats des examens. Depuis, Tsvi restait de longs moments sans parler, les yeux vagues, l'air perplexe et neutre, comme s'il était en train de regarder un film qu'il serait le seul à voir. Il avait aussi très vite le souffle court quand ils remontaient vers la maison. Chiara s'inquiétait, mais elle était toujours anxieuse en ce qui concernait Tsvi. Il était tout pour elle, père, mère, frère et fils. Le boire et le manger, le début et la fin. Jusqu'à son nom qu'elle se répétait comme une ritournelle, une berceuse. Tsvi, Tsvi. Le plus beau son du monde, un murmure, une prière.

Tsvi veut dire gazelle en hébreu. Rachel, sa mère, disait que c'était le nom d'un de ses grands-pères, né en Lituanie et disparu dans un camp pendant la guerre. Le père de Tsvi aussi avait disparu. Il n'était pas mort, juste parti pour la mine en Belgique et plus jamais revenu. Il avait trouvé une autre compagne et fait d'autres enfants. Personne ne s'en était particulièrement plaint puisqu'une sorte de sens de l'honneur lui faisait envoyer un peu d'argent tous les mois. De toute façon, Rachel vivait littéralement pour son fils, et

Tsvi était trop petit à l'époque pour se rendre compte d'un manque. Chiara pensait même qu'un autre homme, dans le ménage qu'il formait avec Rachel, aurait été de trop.

Pour se construire un rempart contre sa mère et en même temps donner une famille à Chiara – qui ne lui demandait rien, pourtant –, Tsvi avait tenu à l'épouser, quelques années auparavant.

Le temps dans le village était rythmé par l'horloge du clocher qui sonnait les quarts, les demies et les heures, mais pas toujours ; inexplicablement, elle sautait parfois des pans entiers de matinée ou de soirées, puis sonnait deux fois d'affilée à cinq ou dix minutes d'intervalle. C'était des heures fantômes, et Chiara ne pouvait retenir un frisson en les entendant.

Appeler Acquascura un village était exagéré. Ç'avait été un gros bourg au début du siècle dernier, avant que les vagues régulières de l'émigration ne le vident de ses forces comme la mer vidait la baie de son sable, n'en laissant qu'une mince couche renouvelée tous les ans à grand renfort de gravillons apportés par bateau. Une fois déposé au bord de la mer, le gravier commençait lentement à disparaître à son tour, et ce qu'on appelait la plage redevenait une succession de rochers habités par les puces de mer et quelques crevettes. À Acquascura, tout était provisoire, délaissé et en même temps curieusement tenace. Les belles maisons anciennes étaient fermées depuis longtemps, désertées par leurs propriétaires. Éparpillées parmi ces vestiges, d'autres maisons avaient poussé, parfois simplement des premiers étages en briques apparentes avec des statues en plâtre trop blanc dans les jardinets et des lions en fausse pierre accroupis sur les piliers des grilles.

On devait traverser Acquascura dans toute sa longueur pour monter à la maison de Chiara autrement que par le sentier creusé dans la roche. L'antique chêne tordu qui marquait la frontière de la propriété était entouré par un potager bizarre, monstrueux. La végétation avait quelque chose d'anormal, de biscornu. Les pousses des courges asphyxiaient les oliviers difformes, les figues mûrissaient trop vite, le datura sentait la vanille des sprays pour salles de bains, les oléandres fondaient dans un air saturé de parfums d'amandes amères, la vigne grimpait sur un tas de bûches pourries, et de là attaquait le toit de la remise. Parfois un orvet s'enroulait sur le bas-côté, une vipère glissait en sifflant. Une nuée de grosses libellules vibrait constamment au-dessus des plants de tomates. La terre était noire, grasse et pourtant sèche en surface. Une terre de cimetière, comme l'avait appelée Tsvi une fois, en plaisantant à moitié.

Plus près de la maison, le terrain s'éclaircissait. Les maigres orangers portaient leurs fruits rouges deux fois par an, fleurissant à tout bout de champ, souffreteux et obstinés. Ensuite, il n'y avait plus que le muret blanc couvert de touffes de câpres, un agave énorme, trois figuiers d'Inde, le vieux puits et la terrasse.

Quand ils avaient des choses lourdes à porter, Chiara et Tsvi empruntaient une vieille Fiat 500 aux voisins, seule voiture à pouvoir gravir la route en première. Mais à partir du chêne dont les racines s'étaient emparées du sol, enflant comme des grosses veines sous la peau et faisant craquer le mince revêtement, ils devaient abandonner la voiture et grimper à pied.

Tel qu'il était, leur bout d'Éden leur était si familier, il était si étroitement lié à leur vie et à leur histoire qu'ils ne l'auraient pas échangé contre une villa aux tropiques.

En juin, chaleur et clarté duraient jusqu'à une heure très avancée. Les soirées n'en finissaient plus, et il faisait encore jour quand Chiara et Tsvi allaient se coucher. C'était toujours comme ça, pendant un moment on avait l'impression que l'été était là depuis toujours et pour toujours, comme suspendu sur la mer, étendu dans le ciel décoloré, puis soudain tout allait très vite, le soleil se couchait de plus en plus tôt, l'air devenait plus frais et plus limpide, et la saison se terminait brutalement.

Le soir, une fois sortis de la douche, Chiara et Tsvi remettaient leurs vêtements réservés à l'été ; à force d'être exposés au soleil, à force d'avoir été trempés dans les embruns des petits matins, ils étaient devenus tout souples, les fibres cassées, les couleurs adoucies. Ils tenaient dans un seul grand sac de marin.

Des shorts, quelques T-shirts, trois pantalons de toile et des chemises blanches qui allaient indifféremment à l'un ou à l'autre.

Depuis leur arrivée et jusqu'à leur départ, leurs téléphones portables étaient remisés (et oubliés) dans une poche du sac marin, car un éperon rocheux au-dessus d'Acquascura les isolait de toute communication. Quand ils devaient passer un coup de fil – à la mère de Tsvi, par exemple –, ils allaient dans une vétuste cabine à pièces qui fonctionnait toujours près de la paillote du Sombrero. « Ce n'est pas pour rien que le Mezzogiorno reste le Mezzogiorno », commentait Chiara. « Le jour où on comprendra que le téléphone portable est un esclavage, le Sud sera en avance sur le Nord », répondait Tsvi.

Leurs cadences étaient immuables. Ils préparaient ensemble leur dîner dans la cuisine où le frigo, acheté par la mère de Chiara en 1962, ronronnait très fort. Il fonctionnait toujours, tout comme fonctionnait la radio Brionvega si on la bousculait de temps à autre. Trouver la bonne fréquence n'était pas un problème, elle était bloquée sur Rai Tre. Dieu merci. Ç'aurait pu être Radio Maria.

Le dîner était, à quelques variations près, composé des produits basiques de l'été : grosses tomates vertes et roses, basilic aux larges feuilles, une mozzarella qui s'effeuillait comme un oignon, une ricotta lisse comme la soie. Avec ces ingrédients ils cuisinaient une *pastasciutta*, ou ils baignaient une *fresella* et la mangeaient avec de l'ail et du piment frais, des câpres et des anchois ou de l'oignon rouge de Tropea.

Ils buvaient du vin pas cher, un vin blanc de tonnelle, parfois une bière jamais assez fraîche. Le frigo faisait beaucoup de bruit mais servait plus de garde-manger qu'autre chose.

Les chats voyaient arriver de loin Chiara et Tsvi. Ils surgissaient alors de partout, leur faisant de grandes fêtes, manquant toujours les faire tomber avec leurs huit entre les jambes. Il y en avait une noire et blanche qu'ils avaient prénommée Carolina, enceinte une nouvelle fois. Oublieuse de ses anciennes portées, elle battait ses grands fils pour gagner les meilleurs morceaux. Un jeune mâle efflanqué, doux et sot, couleur de sable du désert, avait hérité du nom de Sahara, et une petite noiraude maligne, jolie peste aux yeux effrontés, de celui de Cléo. Tsvi ne se privait jamais de faire suivre le prénom de la chatte par « de 5 à 7 ». Et donc Cléo s'appelait, en entier, Cléo de 5 à 7. Ça agaçait Chiara, cette manie de Tsvi. Souvent, quand il ne l'écoutait pas, quand il n'avait pas la moindre idée de ce qu'elle venait de lui dire, il prenait au hasard des répliques de cinéma ou citait des bouts de films de la Nouvelle Vague. Ça énervait Chiara et ça l'attendrissait. Comme le reste.

— Ce qui me rend triste, disait Tsvi pour la énième fois, c'est que la vie et les romans c'est différent. Je voudrais que ça soit pareil. Clair, logique, organisé.

— Ploum ploum tralala, répondait Chiara pour la énième fois… Ploum ploum tralala, recommençait-elle, pour elle-même, à voix basse, sans le regarder.

La maison sentait le romarin, le bois flotté et les vieux bouquins mouillés par la pluie et séchés par le vent ; certaines pages avaient jauni et étaient devenues illisibles. Après avoir lu les livres qu'ils avaient emmenés avec eux, Chiara et Tsvi reprenaient ceux qui étaient restés dans la bibliothèque de la grande pièce. Tsvi aimait plus les Américains que les Russes ; il relisait plus volontiers Truman Capote et Carson McCullers que Boulgakov, qui le rendait mélancolique ; il éprouvait un sentiment d'infériorité quand Chiara soutenait que Dostoïevski se relit avec plaisir même par le truchement d'un livre moisi. Tsvi guettait cette phrase dont l'hypocrisie le mettait en joie, car c'était à ce moment-là que, Chiara n'y tenant plus, ils étaient obligés d'aller se ravitailler en ville. De nouvelles brassées de livres de poche venaient grossir les rangs de ceux qui alourdissaient déjà les planches de la bibliothèque. Banks, Zafón, Perlman, Ellis, mais aussi Minette Walters, James Patterson, Nicci French. Penauds et un peu honteux, ils se justifiaient l'un l'autre en se disant que c'était « juste pour la plage » ; cependant ils étaient assez sincères pour admettre qu'ils adoraient.

Tsvi se serait bien attaqué à la fabrication d'autres étagères s'il y avait eu un mur encore libre dans la maison. Les livres s'empilaient dans tous les coins de la grande pièce. Il aurait fallu en jeter, mais tous deux auraient été d'accord pour balancer plutôt l'armoire ou le canapé.

Ainsi allaient leurs vacances, celles-là comme les autres. Ils s'étaient connus à la maternelle, perdus de vue à l'école secondaire puis retrouvés à dix-sept ans. Après avoir rompu une ou deux fois à cause d'un béguin – de la part de Tsvi – ou d'une lassitude – du côté de Chiara –, ils étaient toujours revenus ensemble, pacifiques et calmes, attachés l'un à l'autre par des liens profonds et silencieux, conjurant réciproquement les coups durs, communiant dans l'amour des livres et de la musique.

Tsvi disait :

— Tu vois, Chiara. Tous ces gens qui se marient sans se connaître… c'est normal que ça se termine comme ça se termine…

— Eh bien, répondait-elle, j'imagine que s'ils se connaissaient vraiment, ils ne se marieraient pas.

— Ce n'est pas comme nous.

— Non. Ça non. Ça n'est pas comme nous.

À trente-cinq ans, l'adolescence de Tsvi se lisait encore dans les épis indomptables qui ébouriffaient ses cheveux châtains, dans ses yeux dont le blanc était très blanc et le bleu d'un émail intact. Il balançait ses mains pâles au bout de ses longs bras maigres, ses grands pieds traînaient quand il marchait. Chiara, une ou deux rides autour des yeux et de la bouche, gardait un air de grande sœur, moins lunaire, plus concrète, les yeux aussi bleus que les siens, plus lumineux encore dans le contraste de ses cheveux courts. Tsvi devenait de plus en plus aérien, d'année en année. Plus doux, plus tendre aussi. Comme s'il avait quelque chose à se faire pardonner, une faute ou une absence plus qu'un péché.

Chiara ne voulait pas s'attarder, se questionner : il y avait tout le reste pour compenser. Cependant la frustration, cruelle rôdeuse, musait autour d'elle comme un diabétique lambine autour de la vitrine d'un pâtissier.

Parfois, Tsvi allait à la plage tout seul. Chiara trouvait des prétextes pour rester à la maison. Elle était lasse, elle avait mal au ventre ou à la tête. Ils étaient toujours collés, elle pouvait bien, de temps en temps, avoir envie d'être seule… !

Mais elle ne jouissait pas de cette solitude, préoccupée dès que Tsvi avait disparu derrière le premier virage. Et s'il nageait trop loin – il le faisait toujours – et s'il avait une crampe – mais il se serait mis sur le dos, c'était un excellent nageur, il ne paniquait pas – et s'il avait un malaise – mais quoi, la mer était d'huile, qu'aurait-il pu se passer ?

Le seul investissement de Tsvi, l'été, c'était son équipement de plongée, tuba, masque et palmes qu'il achetait chaque début de saison. Il allait explorer les falaises, même s'il les connaissait par cœur depuis le temps ; mais les pieuvres, les dorades, les loups et les oursins changeaient toujours de place.

Chiara tournait en rond jusqu'au moment où elle le voyait revenir : alors, elle recommençait à respirer. Ces soirs-là, Tsvi trouvait un dîner moins rustique, une bougie rose sur la table en terrasse, un vin meilleur que leur piquette habituelle.

Un jour où elle n'était pas descendue avec lui à la mer, Chiara avait acheté des scampi frais à Salvatore, qui passait avec sa camionnette deux fois par semaine, *calamari, saraghi, alici, seppie, vongolette vive, cozze già pulite... ariccia bagariccia... buongiorno signo', sempre piu'bella ogni anno che passa, ma come fa !* Bonjour, madame, de plus en plus belle, comment faites-vous ?

Il avait une bonne tête, Salvatore. C'était le neveu de ce Geremia que l'on appelait *il gran Ciccio*, poissonnier en titre de la côte pendant les années soixante, années dorées pour la petite ville balnéaire de Galatea fréquentée à l'époque par les stars de la télé et les chanteurs yé-yé. Ciccio était un homme énorme, gros bide et pantalon fendu à la taille qu'il fermait avec des épingles à nourrice, les mains baladeuses, chauve avant l'âge. Il fumait comme un pompier, des grosses cigarettes qui venaient des Pouilles, grasses et noires et pas chères. Maintenant qu'il restait à la boutique, ahanant sur le fauteuil devant la porte, c'était son neveu qui parcourait le littoral avec la camionnette. Et Salvatore était si joli garçon, les yeux noirs, les cheveux bouclés sur son front blanc, la bouche pulpeuse comme celle d'une fille, sentant toujours si bon au milieu de son poisson ; il devait sûrement en vendre bien plus que son oncle. Ce sont les femmes qui font les courses, dans le Sud. Chiara connaissait la réputation qu'elles lui faisaient.

À la dernière seconde, Salvatore avait ajouté un cornet de crevettes. Cadeau, lui avait-il susurré. Chiara aurait voulu le lui rendre en plaisantant mais Salvatore avait laissé sa main frôler la sienne et elle en avait été troublée, mortifiée comme d'une faute qu'elle aurait commise.

Furieuse, elle était rentrée en longues foulées qui avaient fait remonter sa robe jusqu'aux cuisses, ses courts cheveux sifflant sur sa nuque. Après avoir jeté ses courses dans la cuisine et fermé la porte d'un coup de pied – les chats étaient de vrais voleurs, toujours aux aguets –, elle était allée se défouler dans le potager, piétiner les mauvaises herbes qui s'attaquaient aux plants d'aubergines. Une odeur de *mentuccia* et de thym sauvage s'était levée jusqu'à ses narines pendant que ses talons, dans les claquettes, noircissaient. Elle avait envoyé paître Sahara qui la faisait trébucher. Le chat l'avait regardée comme si la statue de Padre Pio lui-même était descendue de son socle au milieu de la place du village pour le battre. Chiara s'était baissée et l'avait cajolé jusqu'à ce qu'il se roule dans la poussière en ronronnant. Puis elle avait reniflé ses doigts, comme si l'odeur de Salvatore avait pu s'y incruster.

Dans la tranquillité dorée qui l'environnait, Chiara attendait le retour de Tsvi. Ce moment était à la fois un frisson et une joie. Elle se plaisait à rester à la cuisine, aimait bien préparer des plats simples avec des gestes s'enchaînant de manière ordonnée, efficaces et précis. Dans le silence rompu par les bruits du soir, ses pensées devenaient plus fluides, plus claires.

Dès qu'elle entendit le pas léger dans le jardin son attente prit fin, et, avec elle, sa solitude. Elle en fut soulagée et en même temps elle en voulut à Tsvi, qui entra en chantant *Rigoletto*, la salua bien bas comme s'il avait un chapeau à la main, se débarrassa de son jean coupé à mi-jambe, mit la serviette qu'il avait autour du cou sur la fenêtre et vint enfin l'embrasser, tout nu. Chiara ne fit pas un geste ; les mains dans la bassine remplie des *scampi* qu'elle nettoyait, elle ferma juste les yeux. Les lèvres de Tsvi s'approchèrent des siennes. Quand elle ouvrit la bouche, Tsvi s'écarta, murmura quelques mots indistincts et fila sous la douche.

Chiara se retint pour ne pas envoyer le dîner s'écraser contre le mur. Puis, pendant que l'eau ruisselait dans la salle de bains, elle se calma. Tsvi chantait *La Bohème*, maintenant. Lorsqu'il sortit, encore mouillé, laissant des traces de pas et du talc sur le carrelage, elle avait déjà retrouvé le sourire.

L'Yrnm, un vin sec de Pantelleria, était déjà au frais, et pendant que Tsvi prenait sa douche Chiara avait jeté les *linguine* dans l'eau bouillante.

Ce soir-là ne fut pas différent des autres. Ils parlèrent de tout, rirent de rien. Ces conversations entrecoupées de silences étaient leur miel et leur sel. Ils auraient pu communiquer par des mouvements d'antenne, tant ils se connaissaient bien. Tous les deux savaient d'instinct ce que l'autre allait dire. Tous les deux savaient se taire pour que l'autre s'avance. Tous les deux se mettaient à bavarder à bâtons rompus à l'approche de certains arguments. Ils s'aimaient à se rompre le cœur à force de battements désordonnés à certaines heures du jour, à certaines noirceurs la nuit. Après ces soirées douces, ils allaient se coucher épuisés, repus de mots, ravis d'avoir encore une fois réussi à faire semblant, dupes d'eux-mêmes, tous les deux sachant que le lendemain tout serait à recommencer. La bouche de Chiara se pinçait, se ridait. Tsvi avait des migraines qui l'aveuglaient de douleur.

Un autre jour.

Un autre soir.

La lune se levait, radieuse, pour se refléter sur la surface lactée de la mer, dans la bouteille il ne restait plus qu'un ou deux verres, à la radio on passa une série de standards, *As Time Goes by, Summertime, It Had to Be You*, qu'ils chantonnèrent ensemble, puis des musiques de film d'Ennio Morricone. Tsvi débita l'une de ses réparties favorites.

— J'ai toujours voulu savoir ce qu'était le cinéma.

Le vin était bon, la nuit chaude, la brise tendre. Chiara connaissait le répertoire :

— C'est comme une bataille, un film. L'amour, la haine, l'action, la violence, la mort. En un mot, l'émotion.

Pris au jeu, ils continuèrent. Chiara avait tant entendu Tsvi réciter *Pierrot le Fou* qu'elle en connaissait les répliques aussi bien que lui :

— Je ferai ce que tu voudras.

— Moi aussi, Marianne, répondit Tsvi, la tête tournée vers le ciel.

— Je mets la main sur ton genou, continua Chiara sans bouger.

— Moi aussi, Marianne, sourit Tsvi.

— Je t'embrasse partout, dit Chiara.

— Moi aussi, Marianne, soupira Tsvi, sans que l'un ou l'autre ne bouge.

Ils ne réussirent pas à terminer leur dîner. Chiara se trémoussait sur sa chaise depuis un petit moment. Tsvi la regardait, interloqué. Brusquement elle détendit une jambe. La piqûre était aussi cuisante que le frôlement d'une flamme. Une guêpe, un scorpion ? Elle bondit, heurtant la bougie qui s'éteignit.

Tsvi rentra chercher un briquet, ralluma la bougie et, à sa lumière tremblotante dans la brise, ils virent que les jambes de Chiara étaient noires de fourmis. Ils les firent tomber à l'aide de leurs serviettes ; Chiara sautillait, énervée, pendant qu'il lui disait de se tenir tranquille.

Elle avait le cou du pied gonflé et rouge, une grosse ampoule enflait à vue d'œil.

Tsvi l'aida à se déshabiller et l'entraîna sous la douche pour ôter les fourmis qui auraient pu se cacher dans les replis des genoux et de l'aine. Elle en sortit frigorifiée. Il secoua sa robe par la fenêtre de la chambre.

Ils retournèrent dans le jardin où leur dîner interrompu les attendait. La cloque sur le pied de Chiara était enflammée, Tsvi y avait appliqué ses lèvres pour en sucer le venin. Il préférait mourir à sa place, avait-il dit très sérieux. Elle s'était tue, mi-rieuse mi-impressionnée.

Le dîner était fichu. Les fourmis avaient envahi les assiettes. Tsvi et Chiara jetèrent les restes en fermant hermétiquement le sac-poubelle et terminèrent le vin sur la terrasse.

Ils ouvrirent la moustiquaire au-dessus du lit. L'horloge de l'église sonna onze heures, mais il manquait un quart d'heure à minuit.

— Est-ce que tu crois que c'est l'odeur du lapin au romarin qui les a excitées comme ça ? demanda Tsvi.

— C'est possible, oui… Ce n'est certainement pas la salade de tomates… répondit Chiara.

— Elles ont leur nid dans le jardin, sur la colonne à côté du citronnier, et aussi dans les joints du vieux puits, répliqua Tsvi.

— Oui… je les ai remarquées quand j'ai étendu ta chemise, hier. Elles sont minuscules, des grains de sable, et elles ne sont pas noires, plutôt rouges… je ne me souviens pas de les avoir vues, avant… enfin, quand j'étais enfant. Est-ce qu'elles étaient là, les premières fois qu'on venait ici ? Ou est-ce qu'elles ne feraient pas plutôt partie d'une nouvelle espèce ?

Chiara mordit sa lèvre inférieure comme elle le faisait quand elle était concentrée, puis continua :

— Avec le réchauffement de la planète et tout ça, tu vois ? Peut-être que c'est une espèce africaine. Une race carnassière qui serait remontée en Italie, avec… je ne sais pas moi… sur les ailes d'une tempête tropicale. En tout cas, elles sont virulentes. Ça ne m'est arrivé qu'avec les guêpes, une douleur pareille. Ça ressemble à une secousse électrique.

Tsvi ne disait rien. Elle lui fit un pauvre petit sourire :

— C'est la première fois qu'elles attaquent… comme ça, le soir en plus… C'est bizarre, non ?

Tsvi rit. Elle le regarda, interrogative :

— *What* ?

— Tu as le sourire en zigzag des bandes dessinées.

Chiara papillonna des cils, bâilla longuement, s'étira. Tsvi fondait quand il la voyait faire ça, yeux en fente, bouche ouverte rouge et blanche, fraîche et jolie comme un chaton.

— Mmm... ce n'est pas ça qui va m'empêcher de me coucher, dit-elle. Je ne sais pas toi, mais moi, je suis claquée.

Au lit, ils s'embrassèrent en se souhaitant une bonne nuit. Tsvi se tourna à la recherche de sa position préférée pour dormir, chien de fusil, genoux relevés jusque sous le menton. Il ne ronflait pas, ne bougeait pas, respirait à peine. Intouchable. Les premiers temps qu'ils dormaient ensemble, Chiara était effrayée de le découvrir le matin dans la même position. Pâle et immobile. Elle le secouait légèrement pour voir s'il était toujours vivant.

Chiara, malgré sa fatigue, resta longtemps éveillée. Quand elle s'endormit, il était très tard.

Sur la mer, la lune semblait plus argentée et plus lointaine, seule clarté dans le noir du ciel ; les étoiles s'éteignaient dans la lumière trop blanche.

Tsvi se réveilla dans un hurlement suffoqué :

— Aïe !

Il alluma.

— Qu'est-ce qui t'arrive ? demanda Chiara en ouvrant les yeux dans le noir.

— Bordel, bordel ! Ça fait mal, bordel !

— Mais qu'est-ce qu'il y a ? Tu as mal où ? demanda encore Chiara.

— Bordel ! Nom de Dieu ! Bordel de bordel !

Cette fois-ci Chiara se pencha sur l'interrupteur en écartant les voiles de la moustiquaire. Il était bien rare d'entendre Tsvi jurer. Normalement, il avait une élocution d'évêque.

— Regarde cette saleté !

La « saleté » était une chose noire et rouge qui se contorsionnait au bout du doigt de Tsvi.

Une fourmi.

Qui venait de lui piquer le sexe.

— Dedans, spécifia Tsvi, avec une mine outrée, en écrasant la fourmi entre le pouce et l'index avec une satisfaction dégoûtée.

Chiara lui effleura le front d'une caresse, alla chercher une serviette qu'elle mit sous l'eau froide, revint dans la chambre. Chiara regardait Tsvi, puis la serviette qu'elle avait à la main, sans pouvoir se décider. L'eau gouttait par terre. Tsvi la prit, alla la tordre à la fenêtre, repartit avec dans la salle de bains. Lorsqu'il se remit au lit, il avait enfilé un slip. Chiara ne commenta pas, lui demandant juste si ça lui faisait encore mal.

— Comme un pincement… pas vraiment en fait. Comme si on m'avait injecté de la novocaïne… tu sais, quand le dentiste t'endort la gencive.

Ils éteignirent à nouveau la lumière. Le silence retomba dans la chambre, à peine rompu par le grésillement des grillons dehors.

Le silence ne dura pas.

Chiara se réveilla en sursaut et sauta du lit comme un diable, en criant. Tsvi hurla à son tour en roulant hors du lit et se prenant les pieds dans la moustiquaire. La lumière se ralluma.

Chiara debout, nue, grimaçait, tordue sur elle-même, massant une grosse tache rouge piquetée de blanc qui s'élargissait entre la cuisse et le mollet, derrière le genou. Tsvi allongea la main.

— N'y touche pas ! N'y pense même pas.

— C'est quoi, maintenant ?

— Je n'en sais rien… le même truc que toi… et ça fait un mal de chien, bredouilla-t-elle à Tsvi, debout lui aussi, sa peau bronzée pâlie par la lumière crue de la lampe.

— Attends, c'est tout ? C'est pour ça que tu as crié comme ça ? Tu m'as fait peur, Chiara.

— Tu m'expliques pourquoi quand c'est sur toi que ça tombe il faut appeler les pompiers, alors que moi j'ai juste droit à un vague « c'est tout ? », s'indigna-t-elle.

— Ça dépend de l'endroit, non ?

— Oui, tu parles… ça dépend du fait que dès qu'on touche à vos précieux appendices ça déchaîne des guerres, et que le reste, vous vous en fichez royalement, répondit Chiara en rogne.

— Bon, bon, dit Tsvi, en balayant l'air de la main, pour la conférence sur la paix au Moyen-Orient, on attendra demain, d'accord ?

Ensemble, ils secouèrent draps et oreillers par la fenêtre, au-dessus du jardin. Quelques fourmis prises dans les replis en tombèrent. Ils refirent le lit. Chiara avait des gestes lents de somnambule, comme si elle se plaisait à prendre son temps. Comme si elle réfléchissait à autre chose. Puis elle interpella Tsvi :

— Ça t'a soulagé, l'eau froide ?

— Couci-couça...

— C'est bizarre. Après la douleur et la sensation de surprise, on ne ressent plus qu'une sorte de démangeaison... presque agréable... comme quand on est enfant et qu'on gratte une croûte... non, autre chose... attends... !

Chiara s'arrêta, un doigt sur l'aile du nez, les yeux fixes.

— Hé, Chiara ! Tu m'aides, dis ?

— J'ai trouvé. Comme quand on gratte trop longtemps une piqûre de moustique, et on ne peut pas s'arrêter, et à la fin il y a du sang, ça fait mal mais pas seulement... c'est une sensation... un truc... sexuel... voilà !

— Mmm... fermons vite la moustiquaire, va, avant qu'il y ait d'autres machins qui nous grimpent dessus.

— On s'en fout des machins qui grimpent... Qu'est-ce que ça peut bien faire, une nuit blanche… Demain on n'a pas classe, quand même !

Pendant qu'ils bordaient la moustiquaire sous le matelas, Tsvi commenta :

— Elles sont petites, mais qu'est-ce qu'elles sont mauvaises… je ne comprends pas… c'est peut-être parce qu'il n'a pas beaucoup plu, cette année. Elles doivent être chargées à bloc.

— Je n'ai rien à mettre sur la piqûre, à part de la crème solaire. Demain on va acheter un truc… on demandera à la pharmacie.

— Oh non, on ne va pas être obligés d'aller en ville à cause de ça ? J'espère qu'Ermanno va nous prêter la 500, je n'ai aucune envie de prendre le bus… ou de faire du stop. On n'a plus quinze ans quand même.

— Parle pour toi, mon petit vieux. Et puis t'inquiète, j'irai, moi. Ça ne me gêne pas, j'ai pas envie d'aller à la plage. Je vais en profiter pour acheter des bouquins, on n'a plus rien à lire.

— Je croyais que *L'Idiot* te suffisait…

— Oh, tu sais bien que tu suffis à ma joie et à ma peine, mon chéri. C'est le reste qui me manque…

— Crétine, répondit Tsvi, en indiquant une série de petites taches de sang sur le drap à Chiara, qui hocha la tête sans parler.

Il reprit :

— Quand j'étais petit, je faisais des massacres de fourmis. Je pouvais passer des journées à en tuer avec mes copains. Qu'est-ce que ça pue, les fourmis mortes… !

— Tais-toi donc, elles vont t'entendre !

Chiara se tut brusquement. Une tache brune se déplaçait sur le mur.

— Regarde ça !

Ils observèrent, abasourdis, une file sombre de fourmis derrière la lampe de chevet.

Elles avaient paralysé des insectes attirés par la lumière, des jolis papillons vert pâle cent fois plus grands qu'elles, et les transportaient vers une fissure entre les poutres.

Ils se couchèrent silencieux, en frissonnant.

Chiara se lova contre le corps frais de Tsvi et murmura :

— Dormons.

Le lendemain, le soleil resplendissait sur la mer. Il leur semblait que jamais ils ne s'accoutumeraient à cette splendeur renouvelée, à cette lumière bleue que l'on ne pouvait regarder qu'entre les cils. Dans le ciel, deux nuages roses disaient qu'il était encore tôt. L'horloge de l'église sonna six heures trois quarts. Ils n'avaient pas beaucoup dormi mais bondirent du lit, avides de cette journée.

Pendant que Chiara préparait le café, Tsvi en profita pour aller voir ce qu'il en était ; il n'y avait plus de fourmis nulle part. Disparues, comme si elles n'avaient jamais existé.

Chiara ouvrit le frigo pour prendre le lait et s'immobilisa, la bouche ouverte. Leur réserve fourmillait de petits corps frénétiques, il y en avait des millions.

Elle referma doucement la porte et appela Tsvi. Ils ajournèrent leur déplacement en ville et passèrent la matinée à tout nettoyer, tout éponger. Les minuscules cadavres s'entassèrent dans l'évier puis furent balayés par le tourbillon d'eau qui les emporta dans les profondeurs de la terre.

Satisfaits, ils se firent à déjeuner, et descendirent le hamac pour la sieste.

La grosse toile était remplie de fourmis. Tsvi alla dans la cave chercher un gros flacon d'insecticide. Ils ne l'avaient jamais utilisé – ils étaient contre les agressions chimiques – à tel point que la bombe, relique d'on ne sait quel ancien été, avait le fond rongé par la rouille.

Mais elle fonctionna. En quelques instants, les fourmis se recroquevillèrent et tombèrent, mortes. Ils secouèrent le hamac et firent une longue sieste, enlacés dans l'air immobile, criblé des cigales, de l'après-midi. Quand ils descendirent à la mer, leurs corps sentaient l'insecticide. Ils prirent un long bain et en sortirent rafraîchis, sentant le sel et l'algue, lavés.

Le soir, ils allèrent manger une pizza au village. Ils croisèrent la camionnette de Salvatore, qui les salua d'un grand sourire. Chiara détourna le regard.

L'horloge de l'église sonnait la demie de dix heures quand ils entrèrent dans le magasin de Mimma. Il restait ouvert jusqu'à tard, en été. Pas question de manquer une vente pendant la courte saison des vacances. Ils achetèrent une batterie de poudres insecticides, des pièges, *vous n'avez qu'à les poser aux points de passage des fourmis, dedans il y a quelque chose qui les attire, je ne sais quoi, elles emmèneront le poison dans la tanière, la reine mourra et la fourmilière sera exterminée*, des sprays bio et d'autres choses à base de géranium et citronnelle. Ils trouvèrent aussi un insecticide avec une horrible tête de mort.

Dès l'entrée, une fois la lumière allumée, ils virent la procession de fourmis onduler sur le mur.

Elles entouraient des noctuelles qu'elles piquaient puis chargeaient sur leur dos pour les emporter. Sahara le chat, qui était entré dans la maison dans leurs jambes, observait la scène avec eux. Il se détourna assez vite pour se dédier à son jeu préféré, attraper les geckos sous le lampadaire. Les geckos étaient en chasse, eux aussi, car les insectes attirés par la lumière se laissaient prendre assez facilement. Cette cruauté et cette voracité donnèrent la nausée à Chiara. Elle eut un hoquet et éteignit les deux lampes. Les geckos se cachèrent dans les fissures du mur et Sahara s'éloigna vers le jardin, vexé.

Dans le frigo presque vide, à part un bocal d'olives noires et un berlingot de tomates *pelati*, flottait une odeur de citron et de javel.

Tsvi et Chiara burent une bière sur la petite terrasse, aspergèrent leurs corps de citronnelle et les pieds du lit d'insecticide à tête de mort.

Entre les draps, ils ne se rapprochèrent pas, gênés et troublés par ces odeurs qui n'étaient pas les leurs. Chiara se réveilla dans la nuit. Elle regardait la lune encadrée par la fenêtre. Elle réfléchit à son passé avec Tsvi, pensa à leur vie qui s'écoulait.

Ils dormirent longtemps, calmes. Comme morts.

Le lendemain, ils empruntèrent la Fiat 500 du voisin et allèrent tous les deux à la pharmacie. L'inflammation était passée, mais la pharmacienne, diserte, leur conseilla quand même un spray antiseptique et apaisant, en souhaitant toutefois qu'ils n'en aient plus besoin. Chiara et elle épiloguèrent sur l'étrangeté des comportements des bêtes en général et des insectes en particulier. Tsvi, interrogé, se tut sur la nature de ses brûlures. Il se retourna brusquement et dit à Chiara qu'il l'attendrait dehors. Elle s'excusa auprès de la pharmacienne et sortit à sa suite.

Tsvi avait déjà filé à la librairie, et Chiara le trouva en train de choisir des livres de poche défraîchis dans une caisse. Ils en achetèrent une dizaine, mangèrent des glaces dans la grande rue à l'heure du *struscio* et se payèrent des maillots de bain en solde, car les leurs n'avaient même plus d'élastique. Le soir, le spray anesthésique fut rangé au fond de l'armoire à pharmacie et oublié, ainsi que l'invasion des fourmis.

L'été reprit son cours. Les nuits et les jours recommencèrent à s'égrener.

Tsvi maintenant se levait avant Chiara et partait à l'aube, après son petit déjeuner, avec son équipement de plongée dans son sac à dos. Son souffle s'était amélioré, sa poitrine et ses bras avaient forci et il était inhabituel, désormais, que la montée vers la maison le fatigue. Chiara le rejoignait à la plage en début d'après-midi, quelques sandwichs, des fruits et une bouteille d'eau dans sa besace. Avec des bambous et un drap, Tsvi avait monté sur les rochers une sorte de tente qu'ils démontaient le soir. Ils y faisaient la sieste. La moiteur de l'air rendait leurs corps huileux, glissants, ils se racontaient des longues histoires qu'ils avaient lues et qui se terminaient dans le sommeil ou dans l'eau fraîche, selon l'envie, selon la chaleur. Les heures s'écoulaient sans se presser, les unes après les autres. Chiara avait la vision précise d'un sablier dont les grains s'enfuiraient comme dans une hémorragie, chaque instant un instant en moins, semblable et différent, tic-tic-tic, une goutte rouge, deux gouttes rouges, trois, quatre. On laissait le temps filer, mais où filait-il ? Et quand on était enfin arrivés au bout d'une journée, on avait juste envie d'aller se coucher pour qu'une autre commence… Tout cela lui semblait absurde. Enfin, tant qu'il reste du sable dans le sablier, pensait-elle, on ne s'en fait pas, on vit et puis voilà, on vit et c'est bien assez.

Au cours de ces siestes, il arrivait à Chiara de poser sa tête sur la poitrine de Tsvi pour sentir battre son cœur, pour humer l'odeur de sa peau.

Un après-midi, elle eut un bref étourdissement alors qu'elle était dans ses bras. La chaleur, certainement, et aussi l'approche de ses *blue days*, comme elle les appelait, qui la mettaient chaque fois sens dessous dessus. Elle s'était assoupie et, dans un demi-sommeil, elle avait revécu une scène ancienne. Ce devait être au cours de la première ou deuxième année de leur mariage. Ils étaient déjà en vacances depuis plusieurs jours quand Tsvi avait dû retourner chez eux, car sa mère ne se sentait pas bien. En réalité, comme on le sut après, Rachel, peu habituée à rester si longtemps loin de son fils, avait tenté un petit chantage. Pour la première et dernière fois, car Tsvi n'était pas retombé dans le panneau depuis, et sa mère n'y avait plus eu recours. Quand il était rentré à Acquascura, Tsvi l'avait étroitement enlacée. Chiara s'était assise sur ses genoux, lovée dans ses bras, au creux du canapé de la grande pièce. Ils avaient écouté des musiques de vieux films italiens, langoureuses, fiévreuses. Tsvi lui avait fait l'amour lentement, si divinement et si longtemps qu'elle s'était endormie, épuisée, pour se réveiller à l'aube du jour suivant.

Elle se leva tout doucement pour ne pas déranger Tsvi, écarta le drap blanc qu'elle replia sur la tige en bambou, se tint debout sur le rocher. Combien d'étés depuis cela ? Combien de nuits sans sommeil, combien de gestes retenus, de mots pas prononcés… ? Comment arrivaient-ils jour après jour à s'esquiver, à prévenir le manque, à éluder, à écarter la peine ?

Tsvi continuait à dormir. Tout autour il n'y avait que la plage déserte, la mer sans couleur sous le soleil, et pas de vagues. Même les oiseaux se taisaient. Sa tête tournait. Elle plongea pour se retrouver entre deux bleus, un bleu noir et calme et un azur mousseux. La mer était profonde à cet endroit. Elle se laissa aller vers le bas, portée par le poids de son corps qui sombrait doucement, le sang battant et chantant dans ses oreilles, les membres lourds et sans force. Elle tournoya sur elle-même, s'abandonna sur le dos, bras et jambes écartés, et regarda vers le haut. Elle flottait dans une sorte de crépuscule orageux. Le soleil rayonnait dans l'eau, lançant ses épées jusque dans le sable, tout en bas. Une myriade de minces poissons aux longues nageoires évoluaient à la limite de l'eau et de l'air. C'était comme si dans le ciel des étoiles noires s'étaient mises à danser. Elle donna un coup de talon et revint vers la lumière. Tsvi, qui s'était réveillé, lui donna la main pour sortir, puis plongea à son tour. Chiara resta sur le rocher, les bras autour des genoux, grelottante sous le soleil. Lorsqu'elle se sentit mieux, lorsque sa peau devint chaude à nouveau, elle alla le rejoindre. Ils nagèrent jusqu'à la pointe la plus lointaine. De temps à autre Chiara faisait la planche pour se reposer pendant que Tsvi allait explorer un trou entre les rochers, tout au fond. L'eau était transparente, Chiara pouvait voir Tsvi ondoyer, s'accrocher à une pierre et la retourner, fouiller le sable et le troubler. Puis revenir comme une flèche, sortir la tête de l'eau en s'ébrouant, un sourire inconscient aux lèvres. Elle ne disait rien et continuait à nager avec ses brasses régulières et vigoureuses, la tête hors de l'eau. Lorsqu'ils sortirent ils avaient les doigts ridés par l'eau, du sel plein les cheveux. Chiara resta allongée, le corps dans la dernière écume, la tête dans le sable sec, épuisée. Le ciel prenait une couleur mandarine. Tsvi la saisit à bras-le-corps, l'enroula dans la plus grande serviette et la sécha. Chiara se laissa faire. Les mains de Tsvi la touchaient avec douceur, mais entre les paumes, les doigts de Tsvi et sa peau à elle, il y avait la toile de la serviette.

Tsvi lui demanda comment elle se sentait, inquiet de son silence et de sa pâleur. Il alla chercher un granité au melon dans la paillote du Sombrero qui fermait, puis se pencha pour l'embrasser et cueillir un cristal de glace sur sa lèvre. Chiara s'accrocha à lui, les mains derrière sa nuque, et entreprit de l'embrasser. D'un bond, il se remit debout, les mains sur les hanches, et dit :

— Allons-y allons-ô.

Chiara réprima une pulsion de haine.

— Je ne bouge pas.

Tsvi la regarda sans rien dire. Elle enfouit la tête sous la serviette, les mots en jaillirent suffoqués :

— Vas-y, toi, prépare le dîner et mets la table.

Puis elle se tourna vers la mer. Tsvi se taisait.

— J'arriverai quand j'arriverai, se contenta-t-elle d'ajouter.

Il lui caressa le mollet sans rancune, lui dit au revoir. Elle leva la jambe, le salua du pied tout en restant étendue, le visage toujours dans la serviette.

Longtemps elle resta ainsi, à laisser ses pensées errer sans but. Les yeux fermés, engourdie, elle ne s'aperçut pas que le soir envahissait la plage, ni qu'elle était restée toute seule. Des cris lui firent ouvrir les yeux.

Cachée dans l'ombre du rocher, elle pouvait voir sans être vue. Le Sombrero était fermé depuis un bon moment déjà. Il n'y avait plus personne, à part Salvatore et une jolie jeune fille, aussi brune que lui, qui jouaient dans les vagues. Chiara voulut se lever et s'en aller avant qu'il ne soit trop tard, mais elle avait les bras douloureux, les jambes lourdes. Elle les vit s'étendre sur le sable, se déshabiller, s'embrasser, commencer à se caresser. Elle les vit frissonner, entendit leurs murmures et leurs soupirs. Elle avait honte d'être là mais aussi envie de regarder, comme une soif, comme une faim.

Elle savait que lorsqu'ils s'en iraient, ils la verraient sûrement d'en haut. Il n'y avait rien à faire. Maintenant ou plus tard, c'était pareil. Chiara choisit de partir tout de suite. Passant près d'eux, quelque chose la poussa à les saluer. La jeune fille tourna les yeux, nichant son visage entre le cou et l'épaule de Salvatore. Il répondit en souriant, sans malice et pourtant effronté, sombre et nu, les cheveux en désordre, lisse, jeune et beau.

Cette nuit-là Chiara prétexta ses *blue days* pour dormir toute seule. Tsvi, gentil et muet, perdu sans elle, alla coucher dans le hamac, dehors. Mais au petit matin il retourna dans la chambre, prit Chiara dans ses bras et la berça comme si elle était un petit enfant, pendant qu'elle pleurait à gros sanglots, sans pouvoir s'arrêter.

Le zénith de l'été arrive puis s'en va. Les journées soudain plus courtes se mettent à courir vers l'automne. La main dans la main, paisibles et rongés par leurs silences, leur nudité perpétuelle, leur amour démesuré, leur incommunicabilité, Tsvi et Chiara continuent de se réveiller à l'aube, de se coucher le soir entre leurs draps amidonnés par le soleil et l'air de la mer, de penser, chacun pour soi, les mêmes choses peut-être, ou peut-être pas.

Il y a encore des jours de mer, tous égaux. C'est l'époque des loups. Tsvi en attrape deux qu'ils font cuire au barbecue, l'odeur du poisson grillé rend fous les chats. Ils boivent presque deux bouteilles de vin, mangent les premières figues en s'embrassant, se les volant dans la bouche, jusqu'à en avoir le menton et le nez aussi crasseux que des enfants mangeant des tartines de Nutella.

Lorsqu'ils se couchent, Tsvi se tourne de son côté, trouve très vite la bonne position et s'endort, fatigué par la pêche et le vin.

Chiara éveillée, mal au crâne et ventre dérangé, s'étonne d'être froide, même pas triste, même pas malheureuse ou révoltée. Juste froide.

Chiara croyait qu'elle allait craquer, se mettre à hurler, devenir folle. La coque intérieure de l'oreille lui faisait si mal qu'il lui semblait être revenue au temps de son enfance, quand une otite lui avait perforé le tympan. Elle sentait quelque chose bouger loin, loin à l'intérieur de l'oreille. Cette chose allait lui ronger le cerveau, c'est sûr. Elle se leva paniquée, arrachant les voiles de la moustiquaire dans sa course désordonnée, et se précipita dans le jardin. Elle ouvrit à fond la manette qui amorçait la pompe d'eau et, serrant le tuyau entre deux doigts, créa une pression plus forte, puis approcha l'embouchure de son oreille. Tsvi la rejoignit peu après. Chiara restait là, dans l'aube naissante, toute tremblante, sa chemise de nuit trempée, agitée par les sanglots. Quand il prit sa tête pour l'essuyer d'une grande serviette blanche, Tsvi vit que sur le tissu il y avait des petits corps de fourmis. Chiara les vit aussi et sanglota plus fort.

Pendant qu'ils prenaient leur petit déjeuner – elle avec une serviette en turban sur la tête et des lunettes de soleil noires, car la lumière lui blessait les yeux, lui qui n'en menait pas large, submergé par un sentiment confus de culpabilité –, il interpella en plaisantant Carolina, la grosse chatte noire et blanche :

— Si au moins tu bouffais les fourmis, Carolina !

La chatte continua à faire sa toilette, se léchant la poitrine de haut en bas.

— Regarde-la… Tu vois ce que je vois ? souffla Chiara.

La chatte s'en allait en clopinant d'une manière très curieuse. Elle marchait en levant très haut les pattes, un peu comme si elle trottinait sur la neige. Ses poils étaient pleins de fourmis, et sur le carrelage de terre cuite patiné par les années, il y en avait des flaques qui semblaient sourdre du sol.

Elles entraient dans les petites boîtes blanches dont ils avaient parsemé leur territoire, d'autres en sortaient, d'autres encore virevoltaient tout autour en s'effleurant de leurs antennes dans un ballet compliqué.

Tsvi prit le commandement des opérations. Il envoya Chiara à la mer, nettoya la maison de fond en comble, puis descendit au village. Lorsqu'il en remonta, il trafiqua quelque temps dans la cuisine. Ensuite, les bras chargés de seaux remplis d'eau bouillante mélangée à de l'acide qu'il avait acheté chez Mimma, il fit plusieurs expéditions dans le jardin. Il déversa la mixture dans le puits tari, sur la margelle et autour de la colonne en pierre. Des milliards de fourmis en surgirent dans un crachat frémissant. Tsvi se pencha. Il avait l'impression qu'un hurlement épouvanté, rageur, sortait des viscères de la terre, mais ce n'était que le bruit provenant du mélange bouillonnant qu'il versait, et qui brûlait tout sur son passage. Le jaillissement de fourmis se fit plus continu, puis peu à peu s'épuisa. Bientôt, sous le soleil il ne resta plus que les traces blanches de l'acide sur les dalles en pierre, quelques plaques d'herbes ravagées et des petits tas noirs d'insectes calcinés, dispersés par le vent qui venait de se lever.

La nuit, il y eut un orage. Les foudres tombaient dans la mer, l'air était noir, saturé d'ozone, on en avait les yeux qui piquaient. Chiara et Tsvi restèrent enlacés devant la fenêtre avec une couverture posée sur eux – comme des chefs indiens, dit Chiara. Ils finirent leur deuxième bouteille de vin. Tsvi porta Chiara, ivre, jusqu'au lit et la coucha. Elle s'endormit avant même de toucher les draps, et Tsvi posa deux gros plaids sur elle. Il faisait froid maintenant, mais ça n'était pas pour lui déplaire. L'été avait été long, et bien plus chaud que les années précédentes. Il se remit à son poste devant la fenêtre, Cléo ronronnant entre ses pieds. Il contemplait le jardin, blême dans les éclairs.

Rien ne bougeait entre la colonne et le vieux puits.

— Tu connais cette fille ?

— Je t'expliquerai tout.

— Tu l'as embrassée ?

— Je t'expliquerai tout.

— J'en ai marre ! J'emmerde Godard ! Il n'y a même plus personne qui sait qui il est, Godard !

— Ma pauvre Chiara. Il y a bien longtemps qu'il s'emmerde tout seul, Godard. Et non, je ne connais pas cette fille. Je te dirais même : Quelle fille ? Si je ne risquais pas de te mettre encore plus en colère.

Il se tut. Chiara écumait de rage. Tsvi reprit :

— Vraiment, Chiara… !

Chiara était exaspérée. Pour quelqu'un qui ne l'avait soi-disant pas remarquée, il l'avait quand même bien regardée. La jeune amie de Salvatore était passée tout près d'eux, un peu plus tôt, à la plage. Elle avait souri à Tsvi, et Chiara avait intercepté un clin d'œil pendant qu'elle se retournait. Tsvi n'avait pas réagi. Bouche en cul-de-poule et prunelle candide.

C'est sur le chemin du retour, lorsqu'ils l'avaient rencontrée de nouveau avec son maillot de bain rose et or, ses hauts talons qui lui retournaient les chevilles et ses longs cheveux qui s'entortillaient sur sa figure que Chiara avait explosé. La fille avait dit bonjour à Tsvi en le dévisageant d'un air coquin et en passant la langue sur ses lèvres.

Mais Tsvi prit les mains de Chiara, la força à se tourner vers lui, lui embrassa la bouche et les yeux, la tint sous le feu de son regard, mâchoires serrées, pendant quelques minutes, et la colère reflua.

Désespoir.

Une balade dans la pinède. Résine au soleil, aiguilles de pin chaudes, air salé et crème solaire. La plainte des cigales couvre tout, même le bruit des vagues en contrebas. Chiara et Tsvi ne se tiennent pas la main, marchent chacun pour soi, la tête baissée, obstinés, silencieux. Épuisés.

La mort.

Soir d'une journée douce, brumeuse, presque fraîche. Chiara frissonne dans un sweat-shirt trop large de Tsvi ; elle respire son odeur, s'y perd. Tsvi n'est pas rentré, le clocher de l'église sonne la demie, la demie de quelle heure, il est tard déjà, le dîner attend sur la terrasse, bougies allumées. Tsvi n'est pas rentré.

Une sirène résonne dans la vallée. Puis une autre. C'est une ambulance qui traverse Acquascura, suivie par une voiture de pompiers. On ne les entend pas pendant plusieurs secondes, puis passé le virage, on les entend à nouveau. Elles doivent être sur la plage maintenant. Un vent de folie traverse Chiara qui attrape ses baskets au vol.

Sahara et Cléo sautent sur la table et dévorent le repas.

Le Sombrero, le sable, un bout de rocher, la mer. Puis à nouveau le Sombrero, le sable, le rocher, la mer. Gyrophares. Orange bleu orange, orange bleu orange. Il y a un petit attroupement de gens parmi lesquels Chiara distingue Geremia le poissonnier vêtu d'un short large comme une tente et d'un marcel strié de noir, comme s'il avait pleuré des larmes de suie, et Mimma qui se tord les mains. Elle essaye d'arrêter Chiara au passage en lui agrippant le bras. Chiara se dégage. Elle passe devant tout ce monde comme devant des personnages de théâtre, isole les détails avec une acuité accrue, manque de trébucher dans ses lacets tandis qu'elle continue d'avancer vers l'ambulance. Le sac de plongée de Tsvi est là, ouvert, aux pieds de la fille brune, la petite amie de Salvatore. Hirsute, une serviette jetée sur les épaules, le dos appuyé à l'ambulance, la fille vacille, à demi nue dans son maillot de bain. Elle lève à peine la tête sur Chiara lorsque son ombre la recouvre. Ses yeux sont des trous dans lesquels on peut lire la stupéfaction, l'horreur, et une sorte de crainte aussi. Au ralenti, Chiara agrippe la poignée du portillon de l'ambulance qui grince en s'ouvrant. Un homme en blouse blanche penché sur un corps lui jette un regard irrité, referme la porte. Elle a à peine le temps d'entrevoir une chevelure de noyé, un torse mouillé, une bouche entrouverte. La plante des pieds trop blanche, couverte de sable. Le slip de bain baissé sur les hanches, le sexe dans son nid noir comme un oiseau mort. Tsvi sort de l'ombre derrière l'ambulance juste à temps pour la prendre dans ses bras avant qu'elle ne s'effondre. Chiara pleure, jamais lui semble-t-il elle n'a pleuré comme ça, c'est une source intarissable qui naît de son cœur. Tsvi retient ses poignets quand elle lui tape dessus avec ses poings ; elle suffoque puis s'abat sur sa poitrine en bavant, marionnette brisée dans les larmes et la morve. Tsvi l'emmène de force, la transportant presque jusqu'à la paillote. Il la fait asseoir sur une chaise, s'assure d'un regard qu'elle y reste, retourne vers quelqu'un qui l'appelle. Chiara s'aperçoit que la jeune fille, toujours muette, les a suivis et s'est assise en face d'elle. Comme si elle voulait lui dire quelque chose. À quelques mètres, Tsvi parle avec un docteur et un policier en uniforme. Chiara boit du café très chaud. La jeune fille se remet debout. Elle n'a pas de larmes, elle, juste un regard buté, atone, noir, que rien n'accroche. Elle balance la tête comme un ourson.

Les gens parlent à voix basse. On entend Tsvi qui s'évertue à expliquer pourquoi Salvatore utilisait son équipement. Les deux filles tournent le visage vers lui, le regardent s'énerver et faire des moulinets avec les bras. Le policier appelle l'amie de Salvatore. Chiara ne les rejoint pas. Elle considère l'étoile rouge au dos d'un pack de six bouteilles de San Pellegrino posé par terre près du comptoir. Elle ne connaît plus que ça, ne sait plus que ça, cette étoile rouge qui tremble devant ses yeux. L'ambulance est toujours là, gyrophare éteint, porte fermée. Les pompiers sont partis. Salvatore a été déclaré mort. Choc anaphylactique, ils ont dit, mais il faudra attendre les résultats de l'autopsie. Peut-être a-t-il marché sur une vive, ou alors il s'est fait piquer par une murène, on ne sait pas encore.

Quand ils rentrent chez eux, Tsvi éclate en sanglots. Chiara ne l'a vu pleurer que deux fois, une fois quand il a raté ses examens, et une fois… il y a si longtemps… quand elle l'avait quitté, à dix-sept ans. Elle le prend dans ses bras, le console, lui murmure les petits mots réconfortants qui ne veulent rien dire, ceux qui calment. Elle, elle se sent loin de tout, étrangère à la vie. Sèche.

Quand Tsvi cesse de pleurer, il se mouche dans sa manche, reste songeur quelque temps, se défaisant lentement des bras de Chiara, puis se lève. Il revient avec l'équipement de plongée qu'il avait laissé dans l'entrée. Il marche comme s'il portait un gros poids, comme s'il était très fatigué. Il ouvre son sac devant le canapé où Chiara est assise. Dedans, tout est bien rangé. Chiara se penche sur ce qu'il lui montre.

Le tuba et l'embout sont bouchés par des amas de fourmis mortes.

Lorsqu'ils ferment la porte derrière eux, le lendemain matin, le cabanon semble ne pas avoir été habité de l'été. Volets fermés, moustiquaire nouée. Ils descendent le chemin sans un regard en arrière, n'emportant que le sac marin que Tsvi a jeté sur son épaule. Dedans, en vrac, il y a la robe bleue de Chiara, quelques T-shirts et leurs chemises blanches.

Dans la poche de l'un des pantalons en toile qui vont indifféremment à l'un ou à l'autre, un grumeau brunâtre, immobile jusque-là, frémit, puis s'élargit, se désagrège et sort des replis. En file indienne, les fourmis recommencent à marcher.

# Plus chaud que braise

*Tu m'as dit je t'aime, je t'ai dit attends.*
*J'allais dire prends-moi, tu m'as dit va-t'en.*

Pierre ROCHÉ-François TRUFFAUT, *Jules et Jim.*

J'éprouve une sorte de vague honte à l'idée de raconter cette histoire. Une simple, banale histoire d'amour comme on en vit tous, comme un jour nous l'avons tous vécue. Une de ces histoires dont on se dit qu'on ne ressortira pas indemne, que l'on peut bien mourir d'amour. Et on ne meurt pas, on en serait presque humilié, à la fin, de ne pas en être mort. Mais voilà, la vie continue, et on n'a rien compris, et on ne comprendra rien de plus que ce qu'on avait déjà compris.

Il arrive au cours de sa vie que tout d'un coup on reconnaisse quelqu'un, et c'est comme si cet être avait été injustement séparé de vous ; il vous est apparenté par ses silences, ses regards, ses gestes, sa souffrance, il est choqué ou amusé par les mêmes choses que vous. On ne peut jamais *vraiment* connaître personne. Mais on sait parfois qu'on a dansé sur le même air avec quelqu'un qui était votre frère, votre amant sur terre comme au ciel.

Je n'ai jamais pu quitter un homme sans en être désespérée, et aussi férocement soulagée. Mes phases amoureuses se sont toutes terminées dans un sifflotement intérieur, les mains dans les poches, un sourire hâbleur au bec, un déchirement au cœur. L'impression que tout est à nouveau ouvert et que je me retrouve enfin. Seule et malheureuse, certes, mais parce que je le veux.

Mon infortune vient, entre autres, du fait que j'ai appris la langue dont je me sers tous les jours – une langue qui n'est pas la mienne, ni celle de ma mère ou de mon père – dans les livres et les chansons. Alors, je me dis que peut-être je suis enfermée malgré moi dans des amours et des mots prévus d'avance, des mots qui régissent ma pensée comme on est orienté dans son dessin, selon qu'on utilise une pointe sèche, une encre noire ou des aquarelles.

Ainsi, c'est Jeanne Moreau, Boris Vian, Gainsbourg, Sagan, entre autres, que je retrouve quand je pense à ma vie parisienne, à ces vingt ans qui ont fait de moi la femme que je suis.

Je sais aussi que la tristesse ne s'est jamais longtemps accrochée à mes basques ; j'ai toujours eu la certitude que je n'aurais qu'à attendre pour être heureuse à nouveau.

Mes chiens et mes démons, mes anges et mes chansons, je les connais bien. Ils sont revenus à chacune de mes ruptures hanter mon espace privé, la chambre à laquelle, seule, j'ai accès.

Je suis tout de même passée près de l'abîme. Et il n'y avait pas de mots pour le mettre à distance, à peine une ironie intime, une sensation de mauvais goût. Le kitch ne s'accommode pas de tragédies. Parfois je vacillais et je tournoyais pour me faire peur. Une seule fois le gouffre a été plus près que je ne l'imaginais, si près que j'étais déjà en train d'enjamber la ligne au-delà de laquelle il n'y a plus que le vide. Je suis revenue en arrière abasourdie et grelottante…

Est-ce que cette fois-là j'aurais dit oui si je m'étais doutée que ça se terminerait ainsi, est-ce que j'aurais souscrit à ces quelques mois de fièvre, d'insomnie, d'épuisement, d'ivresse, de passion, enfin, ordinaire et éternelle, comme on en rencontre à toutes les pages chez les écrivains russes ?

Sans doute, oui, car je n'ai jamais pu dire non à un homme que je désire. Et puis crever, la belle affaire… De toute façon, j'ai toujours pensé qu'il faut en finir avec panache, criblé de balles, en criant vive la révolution ou une connerie de ce genre.

Ce 30 avril, il avait fait très beau, avec un ciel d'un bleu aussi sombre, aussi transparent qu'à la montagne ; c'était l'une de ces journées que l'hiver prête à l'été, comme il arrive souvent à Paris : les gens sortent de chez eux en manteau le matin et se retrouvent, à l'heure du déjeuner, en manches de chemise, éreintés de chaleur aux terrasses de café. J'avais travaillé toute la journée d'arrache-pied, puis j'étais sortie comme les enfants jaillissent dans le préau de l'école à la récré.

Le bois que je venais de traverser au volant de ma Ford d'occasion est l'une de ces campagnes parisiennes où les odeurs d'essence et d'asphalte le disputent aux odeurs de forêt, d'humus en fermentation, d'herbes montées en graine. La mousseline des feuilles neuves sur les branches encore noires était presque phosphorescente ; le macadam, une route d'eau fluide.

J'avais rendez-vous avec David, un garçon – un homme maintenant – que j'avais toujours bien aimé sans jamais l'aimer tout à fait. Brefs intermèdes charmants, puis chacun reprenait sa route. Un complice possible pour une nuit comme celle-là, trop claire et trop chaude. David était un amant ardent et indulgent, d'après mes souvenirs. Yeux noirs, bonne bouche à embrasser. Rien de plus, rien de moins. Il m'avait appelée souvent au cours de l'hiver. Il m'envoyait des textos qui commençaient par « Mon ange… »

Je me suis égarée en allant chez lui. Je n'y avais jamais mis les pieds, ces maisonnettes pimpantes de la proche banlieue ne m'ont jamais attirée. Plutôt un loft décati. Plutôt un grand appart haussmannien vide. Plutôt un de ces endroits à la Modiano, ou une maison de campagne cossue où on ne peut pas emprunter l'escalier tellement il est envahi par les livres. Je suis une romantique postmoderne, cynique et gâtée, pauvre par goût presque autant que par nécessité. On ne devient pas riche avec des travaux de plume, et pour une femme à l'heure actuelle, sans être bas-bleu, c'est un peu ce qu'était le travail de cousette il y a un siècle. Un moyen humble et digne de rester libre, de gagner sa vie sans la perdre tout à fait.

Le jour déclinait rapidement, et les allées du bois étaient toutes désespérément pareilles. J'ai appelé David après avoir tourné en rond comme les héroïnes des contes de fées de mon enfance ; il n'avait plus qu'à venir me chercher, puisque j'étais incapable de trouver la route toute seule. J'ai arrêté ma voiture devant le château de Vincennes pour qu'il me repère plus facilement.

Dix minutes après il était là, le temps pour moi de voir la première étoile briller, le temps d'une de ces cigarettes bénies à cause desquelles on recommence toujours à fumer. Il est descendu de sa Laguna – voiture de fonction, je n'ai pu m'empêcher de penser – pour venir à ma rencontre et, contre le rose du ciel, il était comme une tache noire et blanche, noirs les cheveux et le costume, crayeuse la chemise ; sensation de déjà-vu : et tout près, ses yeux attentifs un peu trop brillants, la cigarette à la main – lui aussi – et un sourire presque timide aux lèvres. Un peu changé, ça oui. C'était devenu un beau mec aux voilures chiffonnées. On aurait dit un môme grandi trop vite, dans une maturité qui marche à grands pas vers la fatigue de ceux qui ont rogné leurs rêves.

Tout cela je l'avais vu d'un coup d'œil ; et très vite d'ailleurs, dans un de ces vols prophétiques dont on est parfois acteurs et observateurs à la fois, j'avais embrassé l'histoire à venir d'un coup de cœur, d'un coup d'aile. Et j'avais acquiescé. Regard d'aigle pour tout ça. À croire que je n'ai fait que ça toute ma vie, que je ne sais faire que ça. Si j'avais eu le même goût pour la Bourse je serais une femme nantie, mais mon seul talent est de tout perdre à chaque partie. De laisser mon poker retourné du mauvais côté et de me lever de la table de jeu car dehors il fait beau, et subitement j'en ai marre de la fumée, des verres de whisky à moitié vides. Dehors il fait toujours beau quand je m'en vais. Il fait tellement beau que ça ressemble aux jours où on prend la voiture et on roule pour rien, la fenêtre baissée, le bras sur la portière, la radio en sourdine. L'important, ce n'est pas où on va. L'important, c'est d'aller. De toute façon, on va tous vers la même chose.

Tout de suite, aussi, il y avait eu cette connaissance de l'autre qui n'est qu'une reconnaissance de soi. Ces deux rides de chaque côté de la bouche, c'étaient les miennes. Ni l'un ni l'autre nous ne les avions, il y a vingt ans. Ce pli au cou quand on tourne la tête. Le front que nous avions courbé, cette reddition à la vie quand elle n'était, il y a vingt ans, que triomphe arrogant, insolence ignare. Tout de suite, donc, la tendresse aveugle, entêtée, pour ces années qui avaient griffé nos visages, nos corps. Tout cela nous faisait compagnons d'armes. Je lui souris, et c'était à moi, aux batailles qui m'avaient laissée, somme toute, intacte et joyeuse, que je souriais.

Je ne sais pas ce qui donne au cœur ce battement désordonné, si c'est une simple systole qui se détraque en prévision d'autres chamboulements. Je ne sais pas pourquoi tout d'un coup le sang semble chanter dans les veines, ni ce qui fait que les mains sont gelées et les joues brûlantes, ce qui donne envie de pleurer et de rire à la fois. Je ne sais plus qui a dit que le coup de foudre est la rencontre de deux urgences disponibles.

On n'avait pas grand-chose à se dire. J'ai suivi sa voiture jusque chez lui, je me suis abattue dans ses bras, dans sa bouche, dans son lit, et j'ai su, au réveil – si on peut appeler réveil le fait de rouvrir des yeux murés sur une jouissance qui est comme une souffrance – que j'étais brûlée.

Je me rends compte qu'il faut que j'en dise plus, sur moi, sur lui, mais je sais combien il est difficile de retracer des événements qui ne sont que des frémissements sur la vague, que toute notre vie est soumise à ce bon sang de *fucking point* et que l'ordre que nous donnons à notre passé n'est qu'un enchaînement de circonstances auxquelles nous essayons de trouver un sens.

Je sais aussi que nous avons été, David et moi, les marionnettes d'un Mangiafuoco cruel et pervers : le temps.

Les images qui suivent sont couleur sépia. Le temps a effacé les traces de nos pas, tiédi la canicule de cet été fini, dissous les tendres mailles qui nous ont liés les uns aux autres.

Je l'avais vu pour la première fois sur les planches d'un petit théâtre de Montparnasse. Je m'ennuyais tranquillement aux côtés d'Elsa, ma meilleure amie, complice de cette époque où même le malheur avait le goût de la nouveauté, une chose à déguster, à rouler en bouche comme un bon vin inconnu. Je m'ennuyais donc, dodelinant de la tête, bercée par des mots qui ne transperçaient ni ma conscience, ni mon bien-être vaguement nauséeux de trop de nuits blanches, de trop de beuveries désordonnées et gaies. Des semaines entières, me semble-t-il maintenant, s'écoulaient ainsi, sans à-coups sauf ceux du cœur, quand soudain l'exigence d'une petite souffrance sentimentale se faisait sentir. J'étais alors envahie par des émotions contradictoires, je me laissais jurer des mensonges que d'ailleurs j'oubliais assez vite, je pleurais un peu, je consentais à me faire consoler sans trop rechigner. Le reste du temps je lisais, j'étudiais, j'écrivais des journaux intimes que je perdais je ne sais où, je gagnais quelque argent par-ci par-là, je m'endettais allégrement pour payer ma chambre de bonne, je me serrais la ceinture. Je mangeais à ma faim une fois tous les deux jours, je n'avais pas de téléphone et n'en ressentais pas le besoin. Le monde entier m'attendait dehors et mon lit n'était que le lieu extrême de ma fatigue.

J'allais m'endormir sur l'épaule d'Elsa quand David arriva sur scène. Une lumière éclatante le clouait sur place pendant que le reste du décor restait plongé dans un noir absolu. Tout d'un coup j'avais les yeux bien ouverts, même si ma tête reposait toujours sur l'épaule de mon amie. D'ailleurs, elle aussi était devenue attentive. C'était juste un beau garçon intense, mais ce noir et blanc lui allait bien. Nous nous étions regardées, Elsa et moi, avec ce petit sourire qui signifiait, chez nous, que les jeux étaient ouverts. Et que la meilleure gagne.

Sans rancune ni amertume, nous nous partagions ainsi nos conquêtes, parfois même nous nous les disputions âprement. C'était une joute déloyale, sans règles et sans exclusions de coups bas, mais à la fin on se retrouvait toujours, Elsa et moi, dans sa chambre ou dans la mienne, en train de dépenser nos derniers sous pour une bouteille de champagne et une tablette de chocolat.

Les garçons étaient passés, nous étions restées les meilleures amies du monde.

Une fois sorties du théâtre, nous retrouvâmes des copains, ou des copains de copains. Joyeuse troupe de désœuvrés bien assortis, nous nous vautrâmes le reste de la soirée sur un énorme tas de coussins au milieu d'une pièce peinte en jaune canari. Nous dansâmes un peu, je crois, nous dévalisâmes le bar, sans doute, nous flirtâmes sans vergogne, bref, nous passâmes une bonne soirée. La maison qui nous accueillait avait été provisoirement abandonnée par ses habitants – un chanteur en rupture matrimoniale, son épouse déprimée partie sous les tropiques.

C'était en 1985, une fraction de seconde avant la fêlure, un instant avant qu'on se rende compte que le sida allait battre le tocsin d'un mode de vie qui nous paraissait alors le seul possible, le seul imaginable, le seul envisageable. L'économie était frétillante, le socialisme façon premier mandat Mitterrand brillait encore, mais on redescendait déjà le pic, selon la loi immuable qui fait que tout ce qui prend de l'ampleur se dégonfle un jour tout aussi naturellement. Le monde avance par crises, avec toutefois une oscillation du pendule, qui, elle, est plus lente, moins visible. Il n'empêche que, pour tous ceux qui voulaient bien s'en rendre compte, les spasmes étaient déjà évidents.

Il y avait un ami de David à cette fête, qui me déplut – et donc m'intéressa – tout de suite. Antoine était acteur, lui aussi, auteur d'un one-man show qui fonctionnait bien ; clown saturnien à la voix de basse, il affichait une componction ironique qui me déstabilisa. Je trouvai sexy sa laideur, envoûtante sa voix, empruntée sa nonchalance. Suivant le précepte selon lequel quand on s'ennuie il est plus rapide et plus efficace de se faire du mal que du bien, je le suivis dans ses pénates, laissant là David, sa belle figure accablée, sa jolie bouche prometteuse, sa main quémandeuse qui ne me lâcha pas jusqu'à la porte, et ses paroles qui me suivirent jusqu'au lit de l'autre : tu te trompes de mec, tu te trompes de lit, tu te trompes d'amour.

Rien de plus vrai, rien de plus faux : la vie est ce qu'elle est, les « si » et les « mais », les « j'aurais dû » ou « j'aurais pu » ne comptent pas. Je passai donc quelques nuits d'une honnête volupté avec Antoine – son besoin de performance fut peut-être un peu pénible, mais je le mis sur le compte d'une adolescence pas encore bien arrimée à l'âge adulte. Je tombai honnêtement amoureuse de lui, je me fis assez vite larguer un peu moins honnêtement, je pleurai un peu, tout ça était normal, bon à prendre, la vie était douce et longue, et surtout à venir.

Elsa au demeurant avait ramené un David déconfit, cela ne dura pas plus que mon historiette à moi, nous nous retrouvâmes plutôt rapidement toutes deux devant une bouteille de champagne achetée chez l'Arabe du coin et une ou deux tablettes de chocolat. Voilà donc pour les débuts d'une aventure qui a failli, vingt ans après, me foutre par la fenêtre. On connaît tous l'effet papillon, mais qu'est-ce qu'on devrait dire de l'effleurement d'une main à vingt-cinq ans qui vous envoie chez les branques à quarante-cinq ?

L'aube de ce 1^er^ mai 2005 était si silencieuse qu'on aurait pu se croire à la campagne au mois d'août. Pas un oiseau ne chantait, pas un camion ne passait dans la rue, rien qu'un silence assoupi, le cristal d'un jour tout neuf. Le seul bruit était celui de mon sang qui battait en tambour à mes oreilles.

David a bondi du lit en laissant un petit mot et un poème sur la table de nuit. Le poème, je ne m'en souviens pas. Le petit mot, si : *Parti chercher des pamplemousses, des croissants, des confitures, du beurre frais, des œufs, du bacon, des fraises et du muguet*. Du muguet, c'est simple un 1er mai, pour le reste, je ne sais auprès de quel marché noir il est allé s'approvisionner. Je suis descendue pieds nus en attendant qu'il rentre. La cuisine était propre, mais en bordel. Un bordel installé depuis de longues années, un bordel fonctionnel. Des piles de factures sur le plan de travail, des photos de son fils sur le frigo – vide, hormis un Babybel tout au fond du bac à légumes –, un lave-vaisselle dans un creux qui aurait dû accueillir un four, les ampoules nues. Et un Post-it où il y avait mes numéros de téléphone et une citation : *La littérature nous prouve tous les jours que la vie ne suffit pas*.

Ou le contraire ?

J'ai bu un mauvais Nescafé dans son jardin de curé, les coudes sur une table en plastique blanc de camping ; c'est difficile de boire quand on ne peut cesser de soupirer. Au sortir d'une nuit d'amour comme celle-là – et, malgré mon passé fastueux, des nuits comme celle qui venait de s'écouler je n'en avais pas tellement eu –, on a la sensation de ne plus être maître de soi, de ses lèvres, de ses mains, jusqu'à la respiration qui semble ne plus devoir vous appartenir. On s'est tellement mêlés, on a si prodigieusement été l'un l'outil du plaisir de l'autre, que reprendre son corps en main semble insensé.

Les premiers mots qui suivent la nuit où on est non seulement tombé amoureux, mais littéralement tombé dans l'autre, ont une singulière saveur de vérité. Plus qu'on ne le voudrait, on se découvre, à l'autre comme à soi. Ils restent, ces mots-là, comme un écho qui rend tout le reste indécent.

Il me dit qu'il m'avait attendue ; il savait que je lui reviendrais, car j'étais faite pour lui de toute éternité ; moi seule pouvais le guérir de sa fracture profonde, de son mal de vivre ; il me dit que j'étais la femme qu'il avait le plus baisée dans sa vie, tout seul ou aux côtés d'autres. Il me dit que son âme était à moi, et qu'elle m'appartenait depuis toujours.

J'étais comme un enfant pauvre qui hérite de la fortune de Rockefeller. En même temps, je ne pouvais pas, je ne voulais pas le croire. Ç'aurait voulu dire que je trahissais ce que j'étais, ce en quoi je croyais : que rien n'est éternel, qu'on est profondément et définitivement seuls ; et cela, au fond, me convenait parfaitement. D'ailleurs, tout ce que j'avais vécu me le confirmait. Mes meilleurs moments sont ceux que je passe en tête à tête avec moi-même, à me balader sur la berge d'un fleuve, à écouter le vent dans les feuilles des peupliers. Ou un livre à la main, étendue dans l'herbe. À écouter *La Passion selon saint Matthieu*, à parler à un chat, à dormir dans un grand lit vide et un peu froid… La présence d'un homme a toujours masqué, d'une certaine manière, mon bonheur. Je n'ai d'yeux que pour lui, alors que le reste du monde m'a toujours semblé tellement plus intéressant que l'amour. Il y a une vieille dame qui habite au fond de moi, une vieille dame agacée par tous ces frottements, toutes ces scènes, par les baisers et les larmes. Elle a les yeux clairs, la peau propre et sèche, et n'aspire qu'au calme pensif d'un matin d'hiver ; le reste, ça la laisse sceptique et un peu navrée.

Ce matin-là, David m'a tendu la main. J'ai gardé la mienne dans ma poche, en regardant ailleurs. Embarrassée par le cadeau qu'il me faisait de lui-même, vaguement consternée. Une âme, c'est quoi ? C'est léger, c'est lourd ? On la range où pendant la journée ?

Il me reste un vague souvenir des jours et des nuits suivants, feuilles de menthe froissées au petit matin, quelques pas dans la rosée du jardin, et ce même parfum de menthe que je retrouvais sur sa peau en retournant me coucher auprès de lui dans la chambre massacrée, close sur un secret indicible et partagé. Il me semble maintenant que cette odeur de menthe échaudée est le parfum de cette histoire, jointe à une inexplicable bouffée de jasmin qui se levait de sa nuque quand il se tournait de son côté, exténué, et que je respirais à pleins poumons un air vicié dans lequel j'aurais voulu vivre.

Vingt ans auparavant, déjà, ce qui m'avait plu chez lui, lorsque j'avais enfin cédé, c'était son odeur. Quand il enlevait son T-shirt, quand il tombait son Levi's, se dégageait de lui une odeur de vanille citronnée ; et il était toujours net et soigné comme un personnage de Tennessee Williams ; il avait cette propreté noire et blanche qu'on retrouve dans des films comme *La Piscine*, où Alain Delon et Romy Schneider prennent la lumière avec la perfection de la jeunesse. Je me rends compte maintenant que ce que j'aimais chez lui était ce qui était éclatant chez moi : le museau fétide de l'âge ne nous avait même pas frôlés. Le dédain, l'effronterie de cette adolescence attardée étaient notre vrai lien. Narcisses, on s'émouvait de notre propre reflet.

Quand des fragments de cet été-là remontent, ils le font sur un air de Terence Trent d'Arby : « *Sign your name across my heart…* », signature que l'on marquait au crayon l'un sur le cœur de l'autre pour qu'elle ne soit ni indélébile, ni lourde, ni rien. Pas un tatouage, juste une de ces décalcomanies que les gosses estampillent sur leur peau à la plage.

Je me souviens d'un bout de dialogue, qui sait où, et quand :

— Je suis content de te voir…

— Je sais…

— Comment le sais-tu ?

— Tu as le bout des oreilles rose…

— Parfois je t'adore…

— Je sais…

Pauvres mots perdus. Pauvres déclarations, qui prenaient une autre allure au moment où nous étions l'un contre l'autre, et où nos mots n'étaient plus que bégaiements égarés. Nos baisers étaient frais, ils n'avaient pas encore trouvé le passage vers la douce impudeur à laquelle ils inclineraient des années plus tard. Il est étrange quand même que lorsque je m'échine à retrouver d'autres détails de cet été d'il y a vingt ans, ça reflue, et ça ne bute que sur deux souvenirs plus précis. Le premier, c'est un fou rire qui s'était déclenché, chez moi, au plus mauvais moment, parce qu'il m'avait appelée mon lapin, et que j'avais visualisé la petite bête en train de grignoter une carotte, les oreilles frétillantes.

Le deuxième, il faut que je m'y penche de plus près : il devait être aux alentours de trois heures du matin, je sortais de chez lui après une étreinte qui m'avait laissée rêveuse, tremblante, les nerfs en pelote. Il habitait alors du mauvais côté du XVIIIe arrondissement, et il était impossible de trouver un taxi dans ces rues sombres. Soudain, un panier à salade avait stoppé à ma hauteur, un flic en était descendu en me demandant où j'allais comme ça. J'avais envie de lui répondre que ce n'était pas ses oignons, mais quelque chose dans son ton m'avait poussée à prendre ma petite voix bien élevée pour lui dire la vérité. Je rentrais chez moi mais il n'y avait pas de taxi. Il m'avait intimé alors, mais gentiment, l'ordre de monter dans le car. Les flics me raccompagneraient chez moi. Désargentée comme je l'étais, j'avais sauté sur l'occasion. À l'intérieur, trois autres policiers m'avaient saluée, et un jeune garçon menotté m'avait fixée de ses yeux bordés de rouge. Des yeux qui ne m'avaient pas lâchée de tout le trajet, des prunelles de bête sauvage, aux abois, d'une cruauté comme jamais je n'en avais vu. Très mal à l'aise, je frissonnais de froid et de fatigue lorsque j'étais enfin arrivée dans ma rue. Le flic, en m'ouvrant la porte, m'avait juste dit : voilà le genre de messieurs que vous risquez de rencontrer en vous baladant la nuit, mademoiselle.

J'étais rentrée sans demander mon reste.

*J'ai la mémoire qui flanche/J' me souviens plus très bien/Lequel de nous deux s'est lassé/De l'autre le premier* [1]...

Qu'est-ce qui a fait qu'on avait cessé de se voir ensuite ? Peut-être étais-je partie en vacances. Peut-être étais-je tombée amoureuse ailleurs. Je ne sais plus. On s'était perdus de vue. J'avais supposé qu'il était rentré chez lui, dans sa ville natale. Paris, c'est un centre de ralliement, parfois les plus fatigués en ont assez de s'accrocher ; alors ils retournent chez eux, trouvent un travail

1. *J'ai la mémoire qui flanche*. Paroles et musique : Cyrus Bassiak (Rezvani).

« sérieux », s'y marient, s'y ennuient, vivent, enfin, comme on peut bien vivre ailleurs. Non, il n'y a pas que Paris, en France. Mais c'est ici que viennent les premiers de la classe pour s'y confronter aux autres premiers de la classe, ici que se retrouvent les cancres pour défier plus cancres qu'eux, ici que, si l'on gagne, on gagne sur le reste du pays. Paris est un jouet dangereux. Il faut le choisir, le subir, ou s'en aller.

J'étais enfermée dans ma Fiat 500 blanche ce 11 janvier 1996, pendant les funérailles de Mitterrand, aux alentours de la Bastille. Les rues étaient bondées de monde. Les voitures y faisaient du pare-chocs contre pare-chocs en klaxonnant. J'étais énervée, donnant de la voix comme tous les autres. Dans la file d'à côté, sur le quai des Célestins, une longue Renault noire, lustrée comme le poil d'un bel animal, me serrait. Puis elle s'est carrément arrêtée, et un homme en est descendu. Sourire béat, les mains tendues. Je suis descendue aussi, laissant la 500 en plan. On s'était collés l'un contre l'autre, accolade de camarades d'école, de vieux amis, de vieux amants. On s'était vite demandé des nouvelles, donné nos numéros de téléphone, promis de nous revoir. Les voitures derrière nous s'impatientaient. On était repartis, moi sur le pont Marie, lui vers l'Hôtel de Ville. Jusqu'à ce que nos routes se réunissent de nouveau, quelques jours plus tard. Je retrouve dans mon cahier d'alors ces mots :

« Ce garçon souple aux reins maigres est devenu un homme. Mon Dieu, donnez-moi la force d'accepter l'amère poésie du temps qui passe et ses blessures vivantes, donnez-moi encore ses bras autour de ma taille, ses mains fouilleuses, sa bouche oublieuse, et cette sombre volupté qui suit nos heures de plaisir. Cet homme qui sent si bon au soir m'enivre d'une tendresse écervelée, et plus jamais, mon Dieu, plus jamais il n'est maladroit. Jeu de sang, de nerfs, de muscles allongés, il est plus jeune maintenant qu'avant – quand c'était si dur de devenir un homme –, il est plus beau que lorsqu'il l'était. Tour à tour violeur et violé, il m'attache à sa peau et je l'aime à nouveau. »

À part ça, quoi ? La lenteur des après-midi de ce mois de février, son cardigan gris abandonné sur une chaise du couloir, les cigarettes, ma mélancolie, la sienne. On se réchauffait l'un contre l'autre, on avait pris des coups, on léchait nos plaies, moi un mariage qui venait de s'achever, lui une liaison qui lui avait laissé un goût de sel dans la bouche – et un bel enfant à élever. Il avait abandonné son métier d'acteur, il gagnait de l'argent, Paris était brumeux, froid et humide, mon lit était blanc, amical et chaud, on se serrait en attendant on ne savait quoi. Il était devenu dangereusement habile au lit, il avait appris d'autres rythmes, il me plaisait...

Puis en avril je suis partie pour New York, et au Canada, et encore à New York. Il m'a laissé des messages sur le répondeur. Je ne l'ai pas rappelé.

J'avais la tête à l'envers, le cœur dans un étau. La trahison de l'homme que j'avais épousé pèserait lourd, longtemps. On se dit que c'est juste un mal un peu plus long à guérir, en fait c'est un mal qui s'incruste, avec lequel on apprend à cohabiter, et dont on ne guérit plus jamais. Une première ride désenchantée, une mèche de cheveux blancs, comme des coquetteries. On est tellement habitué à être jeune qu'on s'aperçoit à peine qu'on ne l'est déjà plus.

La bande sonore de ces quelques mois était une chanson de Bill Withers : *Ain't no sunshine when she's gone/It's not warm when she's away/Ain't no sunshine when she's gone*[1]...

Je l'ai appelé une fois, il était en Inde. Une autre fois, il était en Californie. Il m'a appelée, j'étais en Toscane, ou à Venise, ou chez ma mère. Je me reconstruisais tout doucement, il vivait à trois cents à l'heure. On promettait de se voir, on ne se voyait pas. La vie passait, sans nous, avec d'autres. Le temps filait.

On ne s'est revus que dix ans après, la veille du 1er mai, dans les prémices d'un été qui promettait d'être très chaud.

Je traversais le bois presque tous les soirs pour aller chez lui, et ça sentait déjà le roussi, alors que les feuilles étaient encore toutes neuves. La route, désormais, j'aurais pu la trouver les yeux fermés.

---

1. *Ain't No Sunshine*. Paroles et musique : Bill Withers.

Nous dînions dans son jardin, tomates-mozzarella, pâtes au basilic, vin blanc, Coca, des goûts que je retrouvais dans sa bouche très vite ; on fait seulement semblant de manger quand on n'a envie que de s'embrasser.

Ma réserve première avait fondu assez rapidement, en fin de compte. À croire que je ne demandais qu'à accepter ce cadeau insensé. J'avais capitulé, et fini par reconnaître que cet homme allait prendre une place dans ma vie. Je n'étais pas désarmée pour autant : qu'on est lents à reconnaître les changements ! Tellement lents que souvent, quand on s'en rend compte, il est déjà trop tard. Mais il est vrai qu'une fois ce premier pas franchi, le reste avait dégringolé, une vanne qu'on ouvre et qu'on ne peut plus refermer. En quelques jours tout avait pris un sens. David était ma braise enfouie, l'ombre de ma vie, et mon amour…

Nos préliminaires avaient duré vingt ans.

Il me donnait ses bras pour réchauffer l'automne qui allait venir, je m'y blottissais en feulant contre moi-même. Ma lucidité restait à l'affût et les confortables habitudes de ma solitude.

Un soir plus tranquille que les autres il m'avait dévoilé quelques épisodes de son enfance. Des fragments qui, collés bout à bout, dessinaient l'image d'un petit garçon curieux, sensible, mélancolique et gai. Il habitait à Fès, où il avait vécu jusqu'à sa onzième année, ensuite sa famille était venue en France. Il faisait si bon là où il vivait ! Il jouait pieds nus avec ses amis sur les terrasses couvertes de fleurs au-dessus de la ville, lieux de vie privilégiés des femmes et des enfants. Jamais on ne mettait de manteau au Maroc, les maisons n'avaient pas de chauffage, juste une cheminée qu'on faisait marcher deux ou trois soirs par semaine au cours de la saison la plus froide. Le bois humide sentait fort, les fenêtres restaient ouvertes, l'odeur du feu se mariait aux odeurs de cuisine et de fleurs, dehors.

À ces souvenirs de bonheur il avait mêlé, presque par mégarde, quelques chagrins :

Sa mère lui donnait un poussin au printemps, un animal minuscule qui devenait un joli coq au cours de l'été, et qui s'éclipsait immanquablement aux premiers mois de l'hiver. C'était un mystère qui se répétait chaque année, ce poulet qui le suivait partout et qui tout d'un coup disparaissait. Il partait dans une cocotte, évidemment, mais ça, le petit n'était pas censé le savoir.

Un jour de grand vent, le poussin qui le suivait pas à pas se fit écraser par une porte refermée derrière lui sur un courant d'air. David avait apporté le poussin encore vivant à sa mère, dans la cuisine. Elle l'avait tâté, puis posé gentiment dans la poche de son tablier, en lui disant d'aller jouer avec une moue désolée. David était monté sur la terrasse où il avait pleuré jusqu'à ce que ses larmes sèchent dans le vent chaud et que le sel lui écorche la peau, lui donnant l'étrange impression d'avoir un autre visage.

Quand ils étaient arrivés en France, c'était au creux de l'hiver. Sa mère avait lavé son pyjama qu'elle avait étendu dans la cour. Le pyjama avait gelé, et n'ayant pas su comment consoler sa mère, il avait mêlé ses larmes aux siennes.

Mais les soirées tranquilles étaient très rares. Les nuits trop courtes, le manque de sommeil devenaient nos tyrans. Je tremblais quand je le savais dans sa voiture. Je partais parfois au milieu de la nuit pour le laisser dormir, car il ne pouvait se permettre de ne pas être totalement, complètement présent dans ce qu'il faisait dans la journée. C'est vrai, j'ai oublié de le dire : il posait des sondes dans les cœurs des gens. Je ne comprenais pas grand-chose à tout ça, je sais juste qu'il installait des valves qui permettaient à des malades en fin de course de tenir encore un peu. Il devait se lever très tôt, à l'aube en fait, et revenait souvent tard le soir, quand il n'était pas à Berlin, ou à Milan, dans un hôpital où il surveillait l'électrocardiogramme d'un patient. Il m'avait parlé d'une vieille dame qui lui avait tenu la main avant de s'endormir, peut-être pour toujours. Il m'avait dit qu'il avait caressé son visage avant qu'elle ne sombre. Je chancelais sous sa tendresse. Je me disais que pour moi aussi ses yeux seraient, avec de la chance, la dernière chose que je verrais dans ce monde. *La mort viendra, et elle aura tes yeux.*

Souvent donc, pendant la nuit, je me levais dans le noir. Mes vêtements dans les bras, je descendais l'escalier. Je m'habillais dans la cuisine éteinte puis je sortais dans le jardin. Je cueillais une rose blanche avant de revenir chez moi, traversant encore une fois le bois endormi. Je posais la rose près de ma joue, sur l'oreiller ; je ne pouvais pas me rendormir dans mon lit, trop énervée. David se réveillait après mon départ, descendait dans la cuisine, me cherchait, remontait avec une tasse de tisane qui ne le calmait pas, allumait une cigarette. La première du jour ou la dernière de la nuit – nuit foutue pour tous les deux…

Une fois au lieu de m'en aller je suis montée au grenier. Par la lucarne le rayon de la tour Eiffel balayait le tas de couvertures sur lequel je m'étais étendue. Le rayon revenait toutes les 11 secondes. J'étais exténuée, j'ai sombré dans un sommeil tourmenté, et j'ai rêvé : c'était le matin, un petit matin blafard et bruineux, David me secouait mais je ne pouvais me lever. Je n'osais pas soulever le drap, car je savais qu'il était inondé de sang. J'étais en train de mourir, et il ne le savait pas, il me disait « Dépêche-toi, je suis en retard, il faut que j'aille chercher mon fils chez sa mère et que je l'emmène à l'école, ce matin. » Je me suis réveillée pendant qu'il faisait bouillir de l'eau en bas, dans la cuisine et j'ai descendu les deux étages les yeux encore mouillés par les larmes de mon cauchemar. Le visage fermé, sans un baiser ni un bonjour, déjà irrité par le manque de temps, il m'a dit : « Dépêche-toi, je suis en retard, il faut que j'aille chercher mon fils chez sa mère et que je l'emmène à l'école, ce matin. »

Les fois où on ne dormait pas ensemble je tombais dans un puits sans fond d'où je refaisais surface une ou deux heures après. La radio allumée, les yeux au plafond, je poursuivais une phrase, une image, un geste, encore et encore. Mon petit déjeuner de café et de cigarettes me mettait l'estomac à l'envers, je n'arrivais plus à travailler, j'errais comme un chien sans maître. Je ne me retrouvais que dans un soupir d'anéantissement, le nez enfoui dans son cou, ses mains posées sur mes flancs. La tête sur son cœur.

Il me demandait pourquoi je ne l'avais jamais aimé jusque-là. Ce qui m'en avait empêchée. Je lui répondais : « Ton mal de vivre. Le fait que je t'aurais aimé, même en t'aimant raisonnablement, plus que tu ne t'es jamais aimé. Ça fait désordre. »

Il me répondait : « Aime-moi, j'en ai besoin. Aime-moi, je m'aimerai un peu. Je m'en sortirai, je te le promets. »

Au début du mois de juillet je suis partie à la campagne pour quelques jours. Il m'y rejoignait le soir après le travail, nous dormions, enfin, un peu, on était presque reposés ; on aurait dit que nous arrivions, enfin, à faire crédit à la vie, et à cette étrange histoire qui nous l'avait changée.

Un soir, nous nous sommes enivrés sous un figuier. Des petites figues pendaient aux branches. Il en a cueilli une qu'il a ouverte sous mon nez. Ça sentait l'été, le sud. Un parfum de lait vert, d'amande fraîche, de jeux d'enfant. On a fini la bouteille et gîté jusqu'à la chambre. J'aimerais me souvenir de ce qu'on s'est dit. Je suis sûre que si je m'en étais souvenue au bon moment, je ne l'aurais pas quitté. Il ne m'aurait pas laissée partir. Qu'est-ce qui a pu être dit entre nous, bon sang, pour que le matin me découvre si parfaitement apaisée, si confiante, pour qu'il parte avec un sourire que je ne lui avais jamais vu, pour qu'il m'appelle au téléphone une demi-heure après en me disant qu'il m'aimait, dix fois d'affilée ?

Mais ce qui pour moi n'était qu'un début portait en germe déjà la fin. Le temps était notre ennemi. On volait des nuits qu'on payait trop cher. Le week-end, il voyait son fils. Je lui donnais raison quand il me disait qu'il était trop tôt pour me le présenter : « Il est ce que j'ai de plus important au monde, je ferai tout ce qu'il faut pour lui. » Je me faisais toute petite, mais je n'avais aucune marge de manœuvre. Je devenais le papier tournesol de son existence. L'enzyme menaçante. De plus, mes journées me laissaient le loisir de l'attendre. Pas les siennes. Il s'est mis à critiquer mon style de vie, à railler mon manque d'argent, peut-être enviait-il aussi mon métier – d'acteur, il était devenu régisseur d'un public en survie, et moi, je n'étais que quelqu'un qui se prend la tête sur des mots. Autrement moins important, s'il n'avait su au fond de lui-même, là où on ne peut pas se mentir, que ce métier qu'il me reprochait est aussi l'une des rares choses vraiment gratuites de ce monde. Il savait bien que la quête de sens et de beauté est l'ange armé auquel on peut dédier son existence. Ma liberté mettait en danger ses contraintes. Mes choix, les siens.

Il avait accepté sa prison. Maintenant qu'il en secouait les barreaux, il s'apercevait que c'était ça qui le tenait debout. Cependant, il ne pouvait me cacher, ni se cacher à lui-même, qu'il n'était qu'un saltimbanque égaré dans un monde en costard-cravate.

Je ne sais pas quand on a commencé à se quereller. Ni pourquoi exactement. Querelles sur des sottises, sur un coup de téléphone qui avait trop tardé, sur un mot à peine nonchalant, sur un malentendu. Silences d'orgueil tenus vingt-quatre heures de trop. On se « malentendait », d'ailleurs, littéralement, plus occupés à suivre le mouvement de nos lèvres qu'à tâcher de comprendre son sens. Trop concentrés sur une nuit qui ne s'ouvrait jamais au jour. Trop haletants pour s'effleurer, trop happés par le plaisir pour prendre garde au désir, trop inquiets pour s'apaiser sur une quelconque déclaration, trop brutaux pour faire confiance à cette tendresse qui était pourtant le socle de l'amitié de nos corps. Trop amoureux pour s'aimer. Trop meurtris, et depuis trop longtemps, pour croire ce qui était l'évidence même.

On s'aimait, et cet amour devenait l'arme que chacun aiguisait sur l'autre.

Ainsi avait commencé la guerre des éclopés. Avec des hauts et des bas, des colères et des pleurs, des nuits douces, d'autres qui nous laissaient au bord de l'évanouissement toute la journée, des journées au bord des lèvres, au bord d'une violence contenue et rageuse qui nous dépassait.

Le mois d'août est arrivé, et avec lui les vacances obligées. Lui sur une plage lointaine avec son fils. Moi en Sicile avec des amis. La période la plus belle. On s'appelait plusieurs fois par jour. Il m'a juré que c'était la dernière fois qu'il passait des vacances sans moi. On ne se quitterait plus, c'était trop dur, trop bête de ne pas être ensemble. Il allait marcher le matin sur la plage et se retrouvait à écrire mon nom sur le sable, potache à son premier béguin. Il voulait qu'on parte quelques jours avant l'automne, tous les trois : son fils apprendrait à me connaître.

Il avait été sur la tombe de son père avec lui. Au bout de quelques minutes, le petit garçon avait demandé s'ils pouvaient s'en aller. Il s'ennuyait, il faisait chaud, il avait soif.

— Vraiment, lui avait demandé David, ça ne te fait rien du tout ?

— Mais, papa, je ne le connaissais même pas, avait répondu l'enfant, embarrassé.

Je savais qu'il avait adoré son père, petit. Qu'il en avait été déçu, adolescent. Qu'il l'avait réhabilité, jeune homme, à sa mort. Quel sens fallait-il donner à cette histoire ? Quelque chose m'échappait.

En attendant, la distance avait effacé les disputes, gommé les colères ; on était si proches qu'on aurait pu se toucher par-delà les mers qui nous séparaient. Si proches que même la mort n'aurait pu nous détacher l'un de l'autre. D'ailleurs, je serais morte si on me l'avait arraché.

La nuit où on s'est revus – une pleine lune à la fin du mois d'août – a été la plus chaude, la plus vivante, la plus vraie de toutes. J'ai la vie maintenant pour la regretter. Ce sera l'écho de cette nuit-là qui m'interdira longtemps de me laisser aller dans les bras d'un autre. Il m'a épinglée au ciel, je ne sais pas si quelqu'un saura m'y rejoindre et me libérer.

Quelques jours après notre retour à Paris, dans un petit restaurant où il m'avait emmenée, je lui avais soumis mes plans pour la rentrée. J'avais trouvé un deux pièces charmant à l'orée du bois, pas loin de chez lui. C'était une sorte de nid perché tout en haut d'une maison donnant sur une allée privée, pleine d'arbres, de chèvrefeuilles et d'oiseaux. Un jeune concierge m'avait fait visiter les lieux et m'avait demandé ce que je faisais. Je lui avais répondu : « J'écris… et mon amoureux n'habite pas loin. » Il m'avait souri en me disant : « Je crois que vous allez être enchantée de vivre ici. » J'avais tout raconté à David en riant, je trouvais ça parfait. Voilà, j'aurai ma tanière pour travailler, tu sais, souvent je travaille toute la nuit, ta maison n'est qu'à un quart d'heure à pied, on aura tout le temps pour se voir, même en coup de vent si tu es fatigué, juste pour un baiser chez moi ou chez toi, tu auras tes week-ends avec ton fils, on ira choisir ensemble un chiot à la SPA puisque tu m'as dit qu'il en désirait un, on fera des pique-niques dans le bois tout proche… dis-moi que tu es content, dis-moi que tu es fier de moi, je t'aime, je suis heureuse, et toi ?

Silence. Et un regard tout droit venu des glaciers.

— J'en ai marre que tu me demandes ça.

C'était moi ou lui qui venait d'être frappé de folie ? Ce n'est pas mon genre de « demander ça », ça ne l'a jamais été. Lui, en revanche, il me l'avait répété – et demandé – sur tous les tons.

J'ai téléphoné au concierge en lui disant que non, merci, j'avais déjà trouvé ailleurs.

La main qui m'avait caressée est celle-là même qui s'est fermée. Il s'est arraché tout seul de moi. On n'a eu besoin de personne pour se faire mal.

Après un coup de pied, même le chien le plus docile se méfie quand vous le rappelez.

La nuit, il me disait que j'étais sa chance. Le jour, il me rejetait. En le sortant de son petit malheur de routine, de la quiète dépréciation de lui-même, je voyais très clairement que je le perdais ;

mais au lieu d'être patiente, j'étais dure. J'étais surtout effrayée.

Les mois de septembre, puis d'octobre se sont succédé, trop chauds, encore trop chauds, les mots ne servaient plus à rien, les baisers scellaient des pactes que l'on rompait à l'instant même où ils étaient formulés. On cognait l'un contre l'autre comme des aveugles furieux. On s'est fracassés chacun sur le chagrin de l'autre, sur la douleur, la déception, la fragilité. La peur. On est tombés dans les failles des journées qui tournaient court, à notre désavantage.

Il m'appelait pour que je vienne chez lui, vite, pour le prendre contre moi, il voulait que je lui répète mille fois que non, jamais je ne pourrais le quitter. Il en tremblait en s'endormant d'un coup, comme les enfants qui ont trop sangloté.

Je ne savais jamais à quel moment je reverrais la tête du cobra, à quel moment il allait me regarder avec les yeux méfiants d'une chatte à qui on touche les petits, à quel moment il essaierait de m'éloigner de sa vie. À quel moment il tremblerait de nouveau contre moi, en me suppliant de lui pardonner. À quel moment il s'en voudrait de me l'avoir demandé.

Un soir, en allant chez lui, j'ai vu sur un pont un vieil homme désœuvré qui regardait l'eau, un pied sur la rambarde, une canette de bière à la main. Il n'attendait rien. Je l'ai envié.

Septembre, octobre. Qu'est-ce qui peut se passer entre un homme et une femme si la passion ne se transforme pas ? L'automne n'arriverait-il donc jamais, et cet été interminable, cet été de fin du monde ne prendrait-il donc jamais fin ?

Que se passe-t-il si on est trop exténué pour nager jusqu'à des eaux plus calmes ?

Une bougie sur laquelle souffle un vent qui la fait brûler trop vite. Variations sur le thème de *Bésame mucho*.

J'étais malade de fatigue, en retard d'un loyer, couverte de dettes, incapable de travailler. Je ne mangeais plus, ne dormais qu'une nuit de temps en temps, j'étais écorchée vive, je m'égratignais sur chaque demi-mot. Il s'est enveloppé de son travail, de ses responsabilités, de son rôle social. Il s'est braqué. Je lui en ai voulu. Il ne pouvait s'avouer son impuissance, puisqu'il lui aurait fallu regarder en face son incapacité à vivre une histoire qui le sortait du sillon tout tracé de sa vie. Il se servait de ses manques comme de béquilles. Je crevais à petit feu. Autrefois on soignait les malades mentaux avec des alternances de douches bouillantes et glacées. Moi, à ce train-là, je perdais la tête.

Je n'arrivais plus à lui parler. Il n'entendait rien. Sauf la nuit, où l'ère de l'innocence était définitivement révolue. Il ne me caressait plus, il m'empoignait. Je ralliais chez moi ce qui fait une femme depuis la nuit des temps : la soumission. J'avais été son lapin, puis sa poupée, son bébé, sa femme. J'étais désormais sa chienne, et quoi d'autre ?

Notre tendre pornographie était devenue l'anarchie écarlate des révolutions en marche. Il y avait tellement de sang qui coulait qu'on ne savait plus à qui appartenait la veine qu'on venait de lacérer. En vingt ans, on était passé de la candeur à une dépravation fataliste, épuisée. Une obscénité désespérée. On détruit ce qu'on ne peut pas avoir. Je lui ai envoyé une lettre.

*Comment aimer quelqu'un qui ne s'aime pas ? Je croyais que j'aurais pu caresser tes blessures, panser ta souffrance, et te redonner le goût des choses. Je suis prétentieuse. Parce que j'aime infiniment la vie. Et je t'aimais, toi, avec tout le poids que tu portes sur tes épaules de gamin mal fatigué. Mais quelqu'un qui ne s'aime pas ne peut pas accepter que vous l'aimiez. Je ne le savais pas. Pardon d'être tombée dans le piège que tu m'avais tendu. Tu ne pouvais m'aimer que tant que je ne t'aimais pas. Tu ne pouvais m'aimer que si moi je ne t'aimais pas. J'ai eu tout faux.*

*Parle, pour une fois. Convoque-moi, dis-moi que je suis une conne, qu'il y a d'autres manières de voir ce qui nous est arrivé – une simple, banale passion physique entre deux êtres que séparent des années-lumière. Dis-moi que c'était inévitable, qu'on n'a rien en commun et que je suis d'un romantisme à faire pleurer.*

*Parle, je t'en prie. Dis-moi qu'on s'est trompés, que tout ce que nous nous sommes juré entre les draps n'était dit que dans le feu de l'action et que, ma foi, ce n'était déjà pas si mal. Dis-moi qu'il ne s'agissait ni d'amour ni, même, d'affection.*

*Parce que si c'était de l'amour, alors c'est toi qui es un con.*

Je n'attendais pas de réponse. Je savais qu'il n'y en avait pas.

J'ai souvent pratiqué l'amour en gants blancs dans ma vie. On ne déchire pas, on coupe. De l'élégance à défaut d'efficacité. Pas de scènes, *never complain never explain*, on ne fait pas boire un âne qui n'a pas soif. Mais j'aime bien l'opéra, et je pleure toujours à la fin de la *Traviata*.

Je suis allée chez lui un soir, soir d'après silence, d'après querelle à cœur ouvert. Il n'était pas là. Je l'ai attendu longtemps. Je sentais l'odeur des dernières lavandes de son jardin, derrière le mur. J'entendais un grillon tenter de faire croire que l'été n'était pas fini. Un vieux figuier s'entortillait autour de la grille, mais toutes les figues étaient tombées. Dans les tragédies grecques, c'est le moment où les femmes se griffent les seins : moi, j'ai fumé un paquet de cigarettes en deux heures. Il m'a appelée pendant que je faisais le guet devant sa porte, on s'est donné rendez-vous, tard, dans un bar où on allait souvent vingt ans auparavant. J'ai attendu dehors, face à la vitrine d'une pharmacie, pour ne pas être la première à entrer. J'ai souri pendant notre discussion. C'était pour ne pas pleurer. La serveuse, une grosse fille aux yeux bleus, remportait mes plats intouchés et mes verres vides à la cuisine avec un air de compassion. David prenait tout ça pour un énième bras de fer, il croyait qu'il n'aurait qu'à attendre la fin de l'esclandre pour continuer à dicter ses lois. Lois de débandade, petites lois raisonnables pour moi qui ne le suis pas, pour une histoire qui aurait mieux valu que ça. Je l'ai giflé pour ne pas avoir à revenir en arrière. Il ne s'y attendait pas, il a rougi. Je me suis levée et je suis sortie, au bord de la nausée. Il m'a suivie en laissant de l'argent sur la table au jugé, l'air outré. Se demandant comment j'avais osé, sans doute aussi comment il me le ferait payer. Il n'avait toujours pas compris que les fleurets étaient démouchetés. Il avait au moins trois temps de retard, car sur le trottoir je lui ai demandé s'il pouvait – je t'en prie, fais-le ! – me dire que c'était fini, en me regardant dans les yeux. Je voulais savourer la mise à mort. Il a posé la tête sur mon épaule, tout d'un coup épuisé. Je l'ai supplié – pas ça. Alors il l'a fait. Il l'a dit. Comme un défi. Sans y croire, d'abord, puis se rendant compte que c'était vrai, il l'a répété. Je l'ai remercié. Il m'a effleuré la bouche de l'index, puis l'a effleuré de sa bouche.

Je suis partie sans me retourner. Ça a l'air d'une de ces choses qu'on fait dans les films, ça a l'air simple. Il faut l'avoir fait une fois pour savoir ce que c'est.

Il m'a crié que j'avais tort, que le temps lui donnerait raison.

J'aurais voulu courir, revenir vers lui, reprendre mon bien, mon homme idiot qui n'arrivait pas à me sauver de moi-même – à nous sauver de nous. J'aurais voulu le gifler encore pour le réveiller, pour qu'il me reprenne, qu'il parle enfin, qu'il me promette tout ce qu'il pouvait et même ce qu'il ne pouvait pas, pour me garder. Il ne l'a pas fait. Il ne s'est pas retourné non plus.

Je n'ai jamais pu quitter un homme sans en être désespérée, et aussi férocement soulagée.

Le lendemain à l'aube j'étais dans les bois. Je respirais une vapeur de brouillard qui se levait lentement, flottant à la pointe du jour sur l'herbe encore sèche. Il avait encore fait trop chaud la veille, ce n'était pas normal pour un début de novembre d'être en bras de chemise.

Ce matin-là, la température avait chuté de quinze degrés. Je marchais en pleurant enfin, je n'y étais pas arrivée pendant la nuit, sans doute hébétée par la douleur immobile – et le manque définitif, impossible à supporter, qui revenait au cours de minutes aussi longues que des heures. Il avait invoqué le temps, le soir avant. Mais quel temps, la minute d'un agonisant n'est pas la même que celle qu'on perd dans les embouteillages. Je marchais en versant des flots de larmes sans qu'un seul muscle de mon visage ne bouge, avec le refrain d'une chanson qui me trottait dans la tête, un tube de l'été : *I tried to love you, I did all that I could, I wish that the bad now…*

J'ai levé la tête dans une clairière. Les arbres avaient encore toutes leurs feuilles. Calcinées, figées dans cette saison ardente.

Un grand coup de vent les a secouées, et une fine pluie s'est mise à tomber. Les feuilles ont commencé à pleuvoir une à une, puis à un rythme plus soutenu, presque pressées de se poser par terre.

J'ai gardé les yeux ouverts, jusqu'à ne plus voir que leur ruissellement doré tout autour de moi. Puis je les ai fermés sur la fin de l'été.

Il n'y a pas de raison qui tienne quand on aime quelqu'un. Si ça ne marche pas, on peut toujours se dire qu'on n'a rien perdu en le perdant, car en l'ayant on n'aurait rien eu. On peut se dire que la vie en a décidé autrement.

Moi, je chante, je travaille, je vais dîner avec des amis, je ris avec eux, je rentre, je prends une douche, je me couche avec un polar tout neuf. Rien que la vie que j'ai toujours chérie. Je me répète qu'il n'y a pas d'âge pour réapprendre, pour recommencer à vivre.

Et puis je me réveille au milieu de la nuit en sanglotant, en l'appelant, en le suppliant de revenir, de m'aimer à nouveau, de ne pas me laisser seule dans le gouffre infernal qu'est mon temps sans lui.

C'est l'hiver, les nuits sont longues ; j'essuie mes larmes et j'écoute la pluie qui tombe avec un vrai intérêt, un intérêt entier, exagéré, comme quand on est dans une salle d'attente et qu'on n'a rien à lire.

Quand les gros seront maigres,
les maigres seront morts

*À Mario Rigoni Stern, un homme.*

Fernando bougonnait.

Il pleuvait à verse, impossible d'atteindre le marché du quartier sans être trempé jusqu'aux os. Fernando s'arrêta donc au supermarché, où tout était plus cher.

Dernier jour du mois de juillet à Milan. Les magasins baisseraient leurs volets et afficheraient les dates de « fermeture pour congés annuels ». La ville se viderait en une journée. La canicule des semaines précédentes avait ébranlé la résistance des citadins les plus acharnés, ceux qui avaient la ville chevillée à l'âme, ceux pour qui la campagne et les champs de blé n'ont du charme que sur l'écran de télévision, dans les spots publicitaires des pâtes.

L'orage n'allait pas durer longtemps, mais une fois à l'abri, Fernando décida de faire toutes ses courses à la Spam. Les grandes vacances allaient bientôt commencer, les gens allaient se disputer les dernières victuailles alignées sur les rayonnages. Fernando se concentra, il ne fallait surtout pas oublier ce qui deviendrait introuvable les jours suivants.

En ville, la chaleur crée une intimité indésirable, celle des bruits. Il en savait quelque chose, Fernando. Il vivait seul, marchait en pantoufles, glissant sur son vieux parquet comme dans un murmure. Souvent, il lui arrivait d'allumer la radio et d'en monter le volume rien que pour étouffer le tapage des voisins. La nuit, seul dans son grand lit, les fenêtres ouvertes, il les entendait ronfler. Fernando était veuf depuis plusieurs années. Après la mort de sa femme, il ne s'était accordé aucun jour de congé : qu'aurait-il bien pu faire, tout seul à la maison ? Et où serait-il allé, tout seul ? À la montagne, en randonnée ? Il y aurait peut-être trouvé de la compagnie, celle d'une veuve sans doute, il y a plus de veuves que d'hommes seuls, les femmes résistent plus longtemps…

Fernando était d'un naturel grincheux, il avait fait le vide autour de lui. Peu communicatif. Même au travail, avec ses collègues. Ils appréciaient ses compétences qui allaient bien au-delà de son métier d'électricien, mais ils n'échangeaient que peu ou pas de confidences avec lui. Une simple entente cordiale.

Il n'était pas sympathique, Fernando. Il avait une tête démodée, un regard sérieux, des yeux foncés, des sourcils épais qui tiraient un trait continu au-dessus de son gros nez ; son front cédait à une calvitie qui progressait jusqu'à la tonsure, entourée d'une fine couronne de cheveux gris, tenaces comme du barbelé.

Le reste était tout aussi démodé : des hommes comme lui, on en avait perdu le moule. On ne les voyait plus désormais que dans les films des années quarante en noir et blanc.

Non, il ne serait pas allé à la mer non plus, c'était hors de question.

La seule et unique fois où il s'était rendu à la plage, à Lignano Sabbiadoro, il avait gardé ses chaussures, ses chaussettes, et même ses pantalons courts, ceux qu'il mettait au travail quand il faisait chaud. Il s'était senti ridicule avec ces marques rouges autour du cou et sur les biceps, juste là, au bord du tricot de corps acheté pour l'occasion.

Quel sens pouvait avoir une journée passée allongé sur le sable sans rien faire ? C'était surtout ce « rien faire » qui l'énervait. Mais plus encore… oui… ces chairs nues, exposées… Lui, sa nudité, il ne l'avait montrée qu'à Olga, parce qu'il l'avait connue fillette, quand il avait juste dix ans. Il ramassait des balles dans le cercle de tennis de la Via Pestalozzi, le seul en Europe à pouvoir vanter cinq courts couverts et deux en plein air. C'était en 1934, les grands champions de l'époque, Renato Bossi et le Romanoni, venaient s'y entraîner, et Fernando les côtoyait. Rien que pour cela, Olga l'idolâtrait.

Leurs mères respectives habitaient deux vieux immeubles qui se faisaient face, de part et d'autre d'une cour intérieure grande comme une place.

Lors des bombardements sur Milan, leurs familles avaient quitté la ville, les enfants s'étaient perdus de vue. Après la guerre, dans leurs immeubles restés debout, ils avaient repris leur vie comme avant. Même si la mère de Fernando n'était plus là.

La maman d'Olga confiait sa fille à Fernando comme à un frère aîné. Ils allaient au cinéma l'après-midi, parfois le soir. Le temps les avait menés à leur premier baiser puis, tout naturellement, ils s'étaient mariés, comme les fruits mûrissent sur les branches.

Le soir, Olga posait sa tête sur le large ventre de son homme et s'endormait : elle n'avait jamais aimé les hommes maigres. Elle disait en riant que « l'amour se nourrit de chair, pas d'os ».

Peu à peu Fernando, qui n'avait jamais été un *grissino*, même pendant la guerre, avait commencé à prendre du poids, pas comme un buveur de bière dont la bedaine s'échappe mollement du pantalon, non, plutôt un abdomen bien ferme, où un treillis serré de muscles emprisonnait la graisse. Ses épaules amples et carrées et ses cent kilos rapetissaient encore plus son mètre soixante-quinze.

Fernando bougonnait.

Au marché, en cette fin de matinée, les fruits, les légumes, tout lui aurait coûté moins cher.

Maintenant, il était trop tard pour s'y rendre.

Il se résigna à acheter, au prix du supermarché, du café, du sucre et six bouteilles d'eau minérale.

Il n'aimait pas les sucreries, il préférait les pâtes, le fromage, le jambon, mais il se laissa tenter par une offre spéciale sur un chocolat noir, d'une très bonne qualité. De la viande, il n'en mangeait que rarement. Parfois il s'accordait un bon verre de vin rouge. En tous les cas, ce qu'il ingurgitait devait excéder son besoin quotidien de calories : depuis sa retraite, Fernando avait souvent été obligé d'élargir la taille de ses pantalons. Il les coupait sur les côtés, y insérait un morceau de tissu récupéré de l'ourlet. De tissu, aux ourlets, il y en avait assez ; Olga devait toujours raccourcir les pantalons de Fernando. Elle le faisait de suite, à peine achetés. Une génération de guerre, la leur, pas comme les jeunes d'aujourd'hui qui poussent droits et fins comme des asperges traitées aux vitamines, tous futurs footballeurs ou mannequins.

Fernando se surprenait parfois à croire qu'il était né dans un certain monde, puis qu'il avait glissé et été insensiblement aspiré par des extraterrestres vers un monde parallèle. Un monde trompeur. Un univers créé à l'image d'êtres humains qui n'étaient plus comme ceux d'avant.

Autrefois – un exemple parmi tant d'autres – on tapait à la machine avec du papier vélin sur du papier carbone pour obtenir plusieurs exemplaires de la même page. Maintenant les filles, très belles, qui « ornaient » les programmes télévisés, on les appelait des *veline*. Était-ce une référence à cet usage ancien, puisqu'elles étaient dotées, toutes, de la même silhouette prodigieuse, de seins et de jambes de bande dessinée ?

Et encore : Fernando n'avait pas cédé à la tentation d'un téléphone portable. Il n'en aurait pas eu l'usage. Mais c'était bien le seul. À n'importe quel moment, dans la rue, il pouvait observer au moins la moitié des piétons qui parlaient tout bas, la tête inclinée sur le revers de leurs manteaux, ou tout haut dans leurs téléphones, sans regarder où ils mettaient les pieds.

Olga et lui avaient longtemps hésité avant de faire installer le téléphone à la maison. Lorsqu'ils s'étaient enfin décidés, leur demande était restée lettre morte à la Sip pendant plusieurs mois, six, sept, ou plus. Depuis, le poste n'avait pas changé, un modèle en bakélite gris foncé. Il sonnait tellement rarement qu'ils en oubliaient l'existence.

Aujourd'hui, la solitude n'était plus un fardeau pour Fernando.

Il écoutait la radio, plus rarement il regardait la télévision, très peu d'ailleurs, il s'énervait à entendre des histoires qui sonnaient faux quand elles n'étaient pas franchement incompréhensibles. Il préférait lire les livres qu'Olga avait laissés. La lecture avait été la vraie passion de sa femme, il lui arrivait de s'acheter un livre par semaine avec l'argent qu'il lui donnait pour aller chez le coiffeur. Et les bigoudis, elle les enroulait elle-même. Fernando l'avait toujours su et n'en avait jamais rien dit. La vie à deux, pensait-il, était faite de non-dits dont l'un et l'autre s'accommodaient. Depuis la mort de sa femme, il avait lu trois fois *Les Frères Karamazov*, deux fois *Anna Karénine*, et s'il n'était pas arrivé au bout de *Guerre et Paix*, il avait en revanche adoré les nouvelles de Tolstoï. *Maître et Serviteur* restait ouvert à la dernière page, il la relisait souvent, comme si, ne fût-ce qu'une seule fois, la fin pût changer…

Cette sacrée petite femme aimait aussi les poèmes, il y en avait toute une étagère dans la chambre, Neruda et Robert Browning, des vers d'un poète indien dont il n'arrivait pas à prononcer le nom, des poètes français, et toujours, toujours ses Russes adorés aux noms impossibles. Il avait fini par s'y faire, il les avait mémorisés, Ossip Mandelstam, Anna Akhmatova.

Olga aurait voulu enseigner la littérature si ses parents avaient eu assez d'argent pour qu'elle termine ses études. Puis, une fois mariée, elle s'était dédiée sans regret à son époux. Ils n'avaient pas eu d'enfants, à cette époque on n'en faisait pas tout un foin. Ils n'en parlaient que très peu et, si cela arrivait, Olga tournait ailleurs ses yeux brillants de larmes et se taisait.

Fernando bougonnait.

Il se demandait pourquoi il avait commencé à ruminer toutes ces idées. À cause du mois d'août, peut-être, de cette époque creuse qui l'obligeait à remballer ses petites manies, à en inventer d'autres aussi, et comment s'y prendre ?

En arrivant dans son immeuble, il fut effleuré par l'idée qu'il se faisait vieux, certes, mais surtout trop gros. Désormais il ne grimpait plus les cinq étages de son pas lent, bruyant et régulier. Il préférait confier sa masse à l'ascenseur chancelant, qui dégageait ce bon parfum de bois et de cire, même si de plus en plus souvent il fallait aller le chercher aux étages. Quelqu'un – un nouveau locataire ? – avait encore laissé la grille ouverte.

La petite boîte métallique où on glissait une pièce pour actionner le moteur avait disparu, l'usage de ce vieil engin n'était plus l'apanage exclusif des familles aisées, comme autrefois. Tout le monde s'en servait à sa guise.

De ce point de vue, la politique des dernières années avait eu du bon. Elle avait au moins réduit certains écarts. Mais l'augmentation des loyers y était aussi pour quelque chose et, dans l'immeuble, de vrais pauvres, de ceux qui n'arrivaient même pas à grappiller une pièce pour l'ascenseur, il n'y en avait plus.

Plus de parties de cartes pour l'instant, Mario avait quitté la ville pour rejoindre sa fille et ses petits-enfants, Saverio était sûrement en train de boucler les valises pour le séjour traditionnel dans sa maisonnette à la montagne, et Augusto, son plus vieux compagnon de jeu avec ses quatre-vingt-onze ans, venait de se casser les deux fémurs. Fernando lui avait déjà rendu visite à l'hôpital. Une belle tête, Augusto, encore parfaitement lucide, même si le corps partait en quenouille. Ils avaient toujours été de grands amis, tous les deux ; Augusto était un fameux bricoleur, une fois il avait remis à neuf le fer à repasser d'Olga. En échange de ses menus travaux, elle lui faisait la lessive, car il ne s'était jamais marié. Pour les hommes de sa génération, il était compliqué, voire impossible, de s'occuper des tâches ménagères.

Quoi qu'il en soit, Fernando n'était pas du genre à se chercher d'autres partenaires pour ses parties de belote, de *scopa* et de *tressette*.

Il bougonnait toujours, Fernando, mais il était de meilleure humeur. Ce matin-là, avec le quotidien *La Repubblica*, pour le même prix, on vous donnait un livre. Fernando avait reçu en hommage *Le Sergent dans la neige*, de Mario Rigoni Stern, un homme de son âge, un brin plus vieux, peut-être ? Mais même génération, mêmes idées. Il n'avait jamais rien lu de cet auteur, Olga ne l'aurait pas acheté, elle avait des goûts différents. Fernando sourit, heureux de son cadeau.

Il pressa le bouton de l'ascenseur et essuya la sueur de son front avec le mouchoir en coton bleu qu'il sortit bien plié de sa poche. De l'étroite cabine essaima la famille du quatrième étage, enfants inclus, les brassards déjà gonflés autour des bras.

Mme Cenci lui adressa un sourire poli, débordée par l'excitation des enfants et le déluge des paquets.

Son mari grommela que ce serait plus malin de dégonfler les brassards si on voulait tout caser dans la voiture, puis ajouta, en soupirant, qu'il leur faudrait encore au moins deux trajets en ascenseur pour descendre tout ce qui traînait là-haut.

Fernando déposa ses provisions à l'intérieur de la cabine. Mme Cenci l'aida à fermer la lourde grille en fer et l'ascension lentement commença.

L'ascenseur s'arrêta entre le quatrième et le cinquième étage.

Mme Cenci s'en rendit vite compte, son mari lâcha des jurons, Fernando lança des appels d'une voix haletante, étouffée par les parois de bois, les voisins tapèrent la porte du plat de leur main.

Les enfants hurlaient, l'aîné avait tiré les cheveux du plus petit qui répliqua par « gros con, tronche de cake, tête de slip » décrochant ainsi une sonore taloche de son père.

Les Cenci abdiquèrent, ils étaient pressés. Un seul voyage suffit à descendre tous les bagages, chargés comme des ânes ils n'entendaient pas les appels de Fernando. Les enfants, hurlant et traînant les derniers sacs, dévalèrent les escaliers dans un boucan infernal, l'aîné ramassa une dernière baffe, puis tout redevint calme.

Fernando resta enfermé.

À cet instant précis il pesait 108 kg et mesurait tout juste 1,76 mètre. Sa santé était bonne, la tension un rien trop élevée, le cholestérol aussi, ainsi que les triglycérides, mais rien de bien grave, son état physiologique présentait les caractéristiques d'une tranquille sédentarité.

Dans la cabine qui mesurait 1,20 m sur 1,20 m il y avait une boîte de café non moulu de 250 g, deux paquets de pâtes d'un demi-kilo, un sachet de sucre de 1 kg, 6 bouteilles d'eau minérale de 1 litre et demi, une tablette de chocolat de 100 g, 1 litre d'huile d'olive, un pot de 250 g de confiture d'abricot, un paquet de crackers en petits sachets de 5, un morceau d'emmenthal de 200 g, 200 g de parmesan, trois citrons, 1 kg de pommes, 1 litre de vinaigre de vin blanc, 2 cartons de 1 litre de lait longue conservation, un pack de 1 litre de vin rouge, 100 g de mortadelle, 3 petites rosettes de pain dans un sac en papier, le journal *La Repubblica* ainsi que le livre *Le Sergent dans la neige* de Mario Rigoni Stern, le tout bien réparti en cinq sacs en plastique recyclable.

Quand Fernando eut fini de presser d'abord tous les boutons des étages, puis celui de l'alarme – muet – jusqu'à l'enfoncer définitivement dans son alvéole, il s'acharna à esquinter la poignée de l'ascenseur. Vainement. D'une voix retenue et d'un ton courtois, presque timide, il questionna le vide : Il y a quelqu'un ? Vous m'entendez ? Puis il haussa la voix, puis il cria, hurla des phrases incohérentes, enfin il éclata en sanglots.

Il n'avait plus pleuré depuis le 21 mai 1984, et quand il s'arrêta, il avait très soif.

Maintenant que le destin a enfermé Fernando dans l'ascenseur jusqu'au 25 août – ce qui aurait pu t'arriver, ou m'arriver – une série d'actes que toi et moi, tout comme lui, ferions, s'enchaînent : essayer par tous les moyens de sortir, pleurer ensuite, prier, oui prier – même ceux qui ont oublié les prières de l'enfance finissent par le faire –, tomber dans le désespoir pour retrouver l'espoir, chier dans son froc, délirer, résister, résister.

Et réussir à vivre.

Ou mourir.

Ne joue pas au plus malin : tu n'es pas dans l'ascenseur. Tu crois savoir ce qui va se passer ? Tu te trompes. Personne ne le sait.

Fernando non plus.

*Mercredi 31 juillet 2002, 14 h 30.*

Depuis midi, heure du départ en vacances de la famille Cenci, aucun bruit n'avait perturbé la sieste de l'immeuble. Après avoir pleuré, Fernando avait avalé toute une bouteille d'eau, et maintenant une terrible envie de pisser le crispait. Pour ne pas s'avouer vaincu, il tapa du poing les boutons des étages. Son regard perdu se fixa sur les chiffres écrits à côté de chaque bouton, le 1, une drôle de façon de l'écrire, il aurait suffi de graver un bâton, puis le 2, une courbe jusqu'à sa base, 3, comme deux bosses, 4, rien que des angles, 5, arêtes et une courbe pour les soutenir, et tout en bas 0, tout rond, une ligne qui renferme le vide… tout à coup ces chiffres n'eurent plus aucune importance. Il devait se ressaisir s'il ne voulait pas tout lâcher dans son pantalon.

Par pur instinct animal ou par simple honte de ce qu'auraient pensé ses sauveurs, il se retint donc tant qu'il put, puis il se décida. Il aurait pu faire pipi dans un coin mais, en homme raisonnable, il pensa que ce n'était pas malin d'augmenter la puanteur de cet asile étriqué. En se contorsionnant il parvint à glisser son membre dans un tout petit trou entre la porte et le vide ; frissonnant de plaisir, il vida sa vessie.

Il crut avoir faim, il était déjà quatre heures de l'après-midi, le temps s'était écoulé plus vite qu'il ne l'aurait cru, et même s'il faisait très chaud, là, assis par terre, adossé à ses sacs de provisions, les jambes recroquevillées, il se sentait plutôt tranquille. Hormis la première crise, il n'y avait pas eu d'incidents majeurs. Les gens allaient bientôt sortir de leur torpeur méridienne, on le libérerait enfin, il monterait dans son appartement, prendrait une bonne douche ; l'eau tiède effacerait le souvenir de ce pénible contretemps.

Distraitement il ouvrit la tablette de chocolat, en détailla un carré et le huma intensément. Après la guerre, le chocolat était rare. Il appréciait d'autant plus le petit triangle de succédané qu'Olga lui donnait pour son goûter. Il le glissait dans la rosette de pain coupée en deux, les mains propres mais rêches, lavées avec un savon granuleux.

Il regarda ses mains. Elles étaient lisses maintenant, elles n'avaient plus de fils de cuivre à tordre.

Il jeta un coup d'œil au livre qui pointait d'un des sacs : sur la page de couverture, deux mains masculines jointes, les doigts croisés ; entre le pouce et l'index de la main droite pendait une cigarette roulée. Les ongles étaient ébréchés, noirs autour et en dessous, « en deuil », disait Olga quand elle embrassait celles de Fernando avant d'y soigner une blessure plus profonde. Ces mains ressemblaient à ses mains de jeune ouvrier, même si lui n'avait jamais fumé et n'avait donc pas eu ces taches jaunes de nicotine sur les doigts, comme sur la photo.

Il fut saisi d'une poussée de nostalgie lancinante pour sa jeunesse, pour cet après-guerre où tout semblait nouveau, possible, où tout était à construire et à reconstruire. La vie, il fallait l'inventer chaque jour, du travail pour tout le monde et les femmes bien en chair. Il revit Olga avec sa première paire de bas fins, indémaillables, il la vit en train d'ôter sa combinaison en nylon bleu pâle, des étincelles s'en échappaient et zébraient la pièce sombre d'éclairs. Olga riait.

Son parfum de pain et de savon. Fernando sentit les larmes lui monter aux yeux, ses paupières gonfler. C'est bien vrai, pensa-t-il, qu'on n'en a jamais assez.

De quoi ?

De tout.

Pleurer.

L'amour.

La douleur.

Rire.

Manger.

Il avala le morceau de chocolat qu'il tenait dans sa main, plutôt à contrecœur, ça lui donnerait de nouveau soif, il était sept heures du soir, pas un seul bruit ni un mouvement dans l'immeuble depuis midi. La peur crispa son estomac.

Quand sortirait-il de là ?

Il n'allait pas…

Devoir y passer la nuit ?

Oh, mon Dieu ! Non !

Sur la couverture du livre, en dessous des mains jointes, il y avait le nom de l'auteur, et plus bas le titre sur fond blanc, puis un dessin, ça ressemblait à une autruche – quelle idée, une autruche ! – et le nom de la maison d'édition.

Il ouvrit le livre au hasard. Les mots défilaient devant ses yeux mais ils étaient vides de sens. Il se rendit compte qu'il pensait à sa femme comme il n'avait plus pensé à elle depuis longtemps. Peut-être à cause du silence, de tout ce temps à ne rien faire, de ces minutes qui s'écoulaient comme des heures, des heures comme des minutes.

Il se souvint que tout petit il avait attrapé les oreillons, en même temps qu'une terrible rage de dents ; la nuit lui avait paru sans fin, une nuit de gémissements, et la terreur que la douleur aussi puisse ne jamais finir.

Il se souvint aussi qu'au matin il s'était dit, tout heureux, que le temps ne reviendrait jamais en arrière, qu'il n'y aurait plus une pareille nuit de souffrance.

Olga, son Olga, était partie doucement. Elle l'avait quitté sur la pointe des pieds, s'éclipsant chaque jour un peu plus. Puis s'était éteinte à jamais. Un vide énorme avait pris sa place.

Fernando avait l'impression de ne jamais y penser. Il réfléchissait plutôt aux choses qu'il devait faire ou ne pas faire, son lit tous les matins, aérer la pièce, mettre la cafetière sur le brûleur à gaz, couper le pain en tranches, se préparer un sandwich à la mortadelle, comme il l'avait toujours fait avant de partir travailler.

Maintenant il s'apercevait – mais peut-être le savait-il déjà ? – que penser signifiait autre chose. Une fin en soi. Silence et temps. Du temps il en avait à foison, du silence encore plus.

Le silence, se dit-il, fait peur. Parce qu'il nous permet d'entendre cette voix intérieure qu'étouffent nos bruyantes occupations.

Il rouvrit le livre.

Le referma.

Avec ses dents, il arracha un bout de l'emballage en carton du vin qu'il vida à longues gorgées.

Il n'aimait pas boire, il n'y était pas habitué. L'alcool lui monta vite à la tête et cela l'apaisa un petit peu, le lendemain quelqu'un le libérerait, en fin de compte ce n'était qu'une mauvaise nuit à passer dans cette fichue niche.

Il se mit debout, dévissa l'ampoule en l'empoignant par le bout de sa chemise. Il se blottit, les genoux sur la poitrine, et se fit une couche en pétrissant les provisions les plus dociles. Les pâtes craquèrent. Il se sentit dériver, il avait encore besoin d'uriner, il décida d'attendre. Une seule envie : rester couché. Avant de fermer les yeux il lâcha un gros pet, il n'y avait personne pour l'entendre, quant à la mauvaise odeur, encore fallait-il que quelqu'un rentre dans cette cage au prochain étage…

Il ricana.

Le sommeil le surprit avec un parfum de figuier, cette odeur de lait vert qui s'écoule de la tige lorsqu'on cueille une figue pour la manger, il crut avoir des visions puis s'abandonna et s'endormit en souriant.

La soif le réveilla, la chaleur aussi, mais surtout, surtout le silence.

Un silence de mort fut sa première pensée, tandis qu'il s'accrochait aux dernières bribes de sommeil. Pas de bruit, ni de voitures, ni de gens. Il devait être encore très tôt, pensa-t-il, juste avant l'aube. Mais, une fois qu'il eut revissé l'ampoule et consulté sa montre, il fut surpris de voir qu'il était dix heures du matin. Il avait dormi comme un loir pendant plus de dix heures.

Sa vessie lui hurlait de se dépêcher, il avait mal au crâne, une crampe plus aiguë le fit se redresser comme un pantin jaillissant de sa boîte. Il n'hésita plus, et fit comme la veille : pendant un moment qui lui parut interminable le jet d'urine résonna dans le vide. Il lui aurait fallu une aspirine, il ne s'était plus soûlé depuis longtemps, il avala une gorgée de lait du carton, se rinça aussitôt la bouche avec de l'eau ; il en avait déjà bu presque deux bouteilles. Un terrible pressentiment le fit vaciller : de faim, on ne meurt pas si vite, de soif, si. Harcelé par cette terreur, il se mit debout, la tête adossée à la paroi, les yeux fermés. Un long soupir s'échappa du fond de son âme et l'obligea à ouvrir les yeux. Il se massa la nuque et les reins. Il était vivant, une épave, mais vivant. Ce n'était pas un vieil ascenseur qui allait avoir sa peau.

*Jeudi 1er août 2002, midi.*

Après avoir dévissé le tableau de commandes et démonté la plaque du plafond, mettant ainsi à nu une flopée de toiles d'araignées incrustées de poussière et un réseau de gros cordages graisseux, après avoir ébréché ses ongles avec des vis rouillées, après s'être mis debout sur les bouteilles et avoir écrasé les pâtes, après avoir pesté et juré comme un charretier en remettant chaque chose à sa place, il constata qu'il était trois heures de l'après-midi, qu'il était trempé de sueur et, surtout, qu'il était effondré. Pas un seul bruit, durant tout ce temps-là. Fernando s'assit par terre, but un quart de la bouteille d'un litre et demi, ouvrit une rosette de pain, la remplit de mortadelle, et déplia le journal de la veille.

Il avala une pomme et croqua quelques grains de café. Tout compte fait il allait bien, même si la chaleur étouffante l'accablait. Il s'en prit à l'ampoule, responsable d'augmenter la température, puis fixa son attention sur l'article qu'il essayait de lire.

*Les intentions du gouvernement en matière de suspicion légitime favorisent-elles oui ou non Cesare Previti, accusé intouchable ? Favorisent-elles ou pas Silvio Berlusconi, accusé encore plus intouchable ? Des procès sont en cours, avec de réels chefs d'accusation : ce n'est pas sur le sexe des anges que l'on devra trancher. Et l'affrontement parlementaire et politique est désormais inévitable suite à l'activité législative d'un gouvernement qui n'a montré un grand dynamisme qu'en matière de justice, en approuvant toujours, aussi bizarre que cela puisse paraître, des mesures défavorables à l'accusation et favorables à la défense. Plutôt que de nous raconter que les* girotondisti[1] *chaussent des Tod's – détail dont on se fout éperdument...*

Là, Fernando s'arrêta. Il abandonna la lecture. Il savait très bien de quoi il s'agissait, il avait suivi, à sa façon, tout ce charabia au journal télévisé, même si depuis un certain temps il avait omis son devoir d'électeur, et il le regretta. Il se dit qu'il avait été vraiment trop paresseux dernièrement, et

1. Mouvement dit des *girotondi* (février 2002) : mobilisation démocratique de citoyens « tournant autour » des sièges de la RAI, télévision publique (pour le pluralisme et la liberté d'information) et des palais de justice (pour défendre l'institution judiciaire des attaques du gouvernement).

qu'une fois sorti de là, il repenserait – ou tout simplement penserait – à certaines choses.

Il était entièrement d'accord avec ce qu'écrivait le journaliste – il jeta un coup d'œil à son nom, Michele Serra. Une seule chose lui échappait, et il n'était certes pas moins intelligent que tant d'autres : pourquoi les *girotondisti*, ces gens qui manifestaient leur mécontentement au gouvernement Berlusconi en faisant la ronde sur les places italiennes, chaussaient-ils des Tod's ? Il ne fallait pas forcément porter des chaussures confortables pour jouer, oui, bref, pour manifester dans les rues. Mais alors, de quel genre de chaussures s'agissait-il ? Chères ? Ou plutôt comme les Clarks que chaussaient les jeunes dans les années soixante-dix ? Avec des Clarks aux pieds, on affichait son appartenance à un groupe…

Les avait-il jamais remarquées aux pieds de quelqu'un, ces Tod's ? Mais de qui ? Il s'efforça de retrouver l'image d'une publicité, mais il ne lisait pas de revues, et sur le journal qu'il lisait habituellement il n'aurait pas trouvé ce genre d'article. Les morts, les accidents, les problèmes régionaux, ça oui.

La chronique de la ville, pas les tendances de la mode.

Les titres à la une des journaux qu'il achetait étaient plutôt du style : « Ouvrier tombe deux fois d'un échafaudage : indemne » ou encore : « Renverse jeune femme somalienne et la traîne jusque chez lui », ou mieux encore, un des derniers qu'il avait lus : « Prêtre tombe du dinghy et se noie. Son compagnon soupçonné. » Des histoires qui tout à coup lui parurent… oui, limitées. Il décida qu'à peine sorti de là il achèterait, un jour sur deux, un quotidien national. Et un hebdomadaire. Et il recommencerait à voter. Même s'il ne savait pas encore pour qui.

Pourtant il l'avait toujours su, avant : il votait communiste, Fernando. Comme son père. Olga, timorée, se méfiait des communistes. Parler de politique, ou en entendre parler, la terrorisait : elle se renfermait et hochait la tête. Elle votait démocratie chrétienne, elle. Jusqu'à ce que, comme lui, elle ne vote plus.

Olga ne s'y retrouvait pas, elle comprenait de moins en moins le monde, tandis que lui, Fernando, avait toujours suivi les changements avec ardeur. Puis les « années de plomb » l'avaient désarçonné, la violence des jeunes l'avait déconcerté. Ensuite il avait connu les années quatre-vingt, une autre ère semblait avoir commencé. Jusqu'aux garçons avec barbes et cheveux longs, jusqu'aux filles aux petits seins au vent tatoués de marguerites, jusqu'à ce moment-là il s'était encore senti partie du XXe siècle.

Après, plus du tout.

Il avait pris de la distance, il avait commencé à vieillir pour de vrai, si vieillir signifiait laisser faire, laisser courir.

Fernando continua à rêvasser dans la nuit qui lentement tombait. Ce fut une crampe au ventre qui le ramena à des nécessités bien plus inquiétantes.

Il avait à présent un gros problème à résoudre.

Où aurait-il pu… hum… déféquer ?

Incroyablement vite il décida de sacrifier un sac à provisions, puis de le faire tomber par le même petit trou, mais il serait obligé de l'agrandir, le trou. Tout ça incroyablement vite aussi, parce que la décision, si elle n'était pas immédiate, risquait de devenir inutile. Incroyablement vite la solution se fit résolution, et Fernando passa, l'esprit et le corps délivrés, de la satisfaction au désespoir.

Il avait faim et soif, la rage au ventre et le dos courbaturé, les cuisses pleines de crampes et les mollets tétanisés. Cette situation lui parut une trop grande injustice. Où et quand avait-il pu faire du mal ? Commettre un péché ? Et si ce n'était pas une punition, par quel enchaînement de sottises avait-il été amené jusque-là ?

Fernando tapota les touches des commandes, puis les frappa à poings fermés jusqu'à en saigner – demain il aurait un beau bleu, demain il devrait chercher une pharmacie de garde, demain… – mais pour l'instant il était encore enfermé dans ce foutu cagibi, il se rendit compte qu'il hurlait de plus en plus fort, au secours, au secours, sortez-moi d'ici, je n'en peux plus. Le silence qui fit écho à ses cris blessa ses oreilles.

Les mains sur le visage, il s'écroula et pleura pleura pleura comme il n'avait jamais pleuré de toute sa vie.

Il pleura jusqu'à s'endormir, et fit une multitude de rêves dont il ne gardait plus aucun souvenir à son réveil, qui fut brutal. La nuit n'avait pas eu la même douceur que la précédente, il regarda sa montre, il était deux heures du matin. Il avait été réveillé par un bruit sourd et continu, comme un… comme un… marteau… une pioche… comme si quelqu'un… essayait d'enfoncer quelque chose… par terre, non… un mur, non plus… une porte… un voleur !

Sa nuque se couvrit d'une très fine couche de gouttelettes froides, son cœur bondit jusqu'à sa gorge, ses mains se firent de glace, et sa voix s'éteignit d'entre ses lèvres.

Il essaya de sortir un son, ce fut « maman » d'une voix rauque, puis un soupir, un gémissement sourd, puis plus fort, il hurla de tout le souffle qui restait dans son corps : « Maman, maman, maman. » Les coups de pioche s'arrêtèrent net, il entendit un piétinement rapide le long de l'escalier : il avait déjoué un cambriolage.

Ça lui faisait une belle jambe ! Il rigola et recommença à pleurer en appelant sa mère, morte pendant la guerre plus de cinquante ans auparavant.

Puis, sanglotant, il se rendormit, sans s'en rendre compte, épuisé, replié sur lui-même. Vidé.

*Vendredi 2 août, 10 heures.*

Il se réveilla tard. Il n'avait jamais pu le faire, même après sa retraite il ne s'était jamais octroyé ce luxe. Maintenant ce sommeil lourd était une nécessité, il s'en rendait bien compte, ça lui permettait de supporter sa captivité.

Enfermé dans l'ascenseur depuis quarante-huit heures, Fernando avait expérimenté des états d'âme tout à fait insoupçonnés : pendant son adolescence, il avait connu cette même fragilité, cette même désarmante candeur. C'était la surprise face à lui-même : à quoi faut-il s'attendre, quand on est ainsi mis à nu ? Il baissa son pantalon – une diarrhée soudaine l'obligea à sacrifier un deuxième sac à provisions – et remarqua qu'il avait maigri, son ventre était moins gros. Il remonta son pantalon – le papier qui emballait le pain le grattait mais avait bien servi à la besogne –, il s'assit, allongea les jambes et ouvrit le journal. Il en avait, du temps à disposition ! Le choix du papier kraft, bien plus rugueux que celui du journal, se justifiait tout seul : combien de temps allait-il encore passer là-dedans ? Sur le sac du pain, il n'y avait rien à lire.

*Vous voulez maigrir ! Rendez-vous chez votre marchand de journaux. Maigrir après les vacances : voilà la vraie cause du surpoids.* NE SOIS PAS TROP DUR ENVERS TOI-MÊME ! *Seul celui qui s'aime maigrit sans peine. La formule gagnante. Maigrir est un plaisir. Facile comme lire.*

*Paris et Berlin : guerre en Irak seulement après l'accord de l'ONU. Le Pentagone révise ses plans.*

*Une invasion aurait un immense impact économique sur les États-Unis.*

*La plupart des armes produites par les Irakiens ont été bien enterrées, il est donc erroné de penser que des attaques aériennes seraient suffisantes… Les généraux britanniques n'approuvent pas les plans militaires dont ils ont pris connaissance. Michael Rose, ancien chef de la SAS, parle de « la folie d'aller faire la guerre en Irak », l'ancien chef d'état-major Brammal craint « que la situation n'empire de façon dramatique ».*

*Comme Schröder et Chirac l'ont souligné, l'Europe se tourne vers l'ONU, confiante que Saddam ouvrira de nouveau ses portes aux inspecteurs internationaux. Mais l'intervention de Rolf Ekens, responsable des inspections de 1991 à 1997, affirmant qu'« il est incontestable que Washington voulait manipuler les inspections pour favoriser les intérêts américains » a dû fatalement refroidir leurs espoirs.*

Bof ! Il ne savait vraiment pas quoi penser.

La guerre, lui, il ne l'avait pas faite, juste vécue, il y avait perdu sa mère, il y avait vu son premier mort – un enfant comme lui – et puis encore d'autres cadavres, en si grand nombre qu'il avait arrêté de les compter. Il avait mangé du pain de sciure et de la polenta dure comme de la pierre, il avait gardé une figue sèche pendant un mois, il avait été évacué pendant deux ans, puis il était retourné vivre dans une ville qu'il ne reconnaissait plus. À la légitimité de cette guerre, de n'importe quelle guerre, Fernando ne croyait pas, on ne fait pas la guerre pour avoir la paix, on fait la paix pour avoir la paix. Il se souvint d'une phrase imprimée sur le tee-shirt d'une jeune fille, des années auparavant, défilant dans une manifestation tandis qu'il se rendait à son travail. Elle l'avait regardé à travers ses cheveux longs, noirs, dans un épais désordre, un regard à la fois tendre et provocateur, et il n'avait pas bien compris si elle le voyait en tant qu'homme ou en tant que père. Un oncle, à la rigueur, ils étaient jeunes tous les deux, bien que nés à des moments différents. Bref, son tee-shirt disait : *Faire la guerre pour faire la paix c'est comme baiser par chasteté.* Le sens de la phrase, il ne l'avait pas pigé de suite, ces mots, il les avait tournés et retournés dans sa tête, et puis « baiser » était un terme qu'il n'avait jamais employé. Il en avait rougi, avec une pointe d'excitation, et cette fille, ce regard, il n'allait plus jamais les oublier.

Grand philosophe, non, mais, quand même, l'âge lui avait appris à ne pas taire ce qu'il croyait juste. Grâce à l'âge, une fois de plus, il avait conclu que son cerveau fonctionnait tout aussi bien que celui de ses semblables, et même plus honnêtement ; de plus en plus souvent il arrivait à déceler la ruse derrière les paroles d'autrui. Ça valait aussi bien pour les politiciens que pour les mensonges innocents de Saverio ou les combines de Mario, qui, maintenant, lui sautaient aux yeux – et qu'il laissait filer. Encore un mérite de l'âge : naïf, voilà ce qu'il pensait avoir été, jusqu'à cinquante ans. En un mot : simplet.

Plus maintenant.

Il s'engagea, pour le temps qui lui restait à vivre, non seulement à acheter les journaux et à recommencer à voter, mais à être aussi plus actif. À participer plus, même s'il ne savait pas encore comment. Qui mieux que lui, qui n'avait plus rien à perdre, pouvait le faire ? Mais pour le moment, un obstacle entravait ses bonnes intentions : il était enfermé dans un ascenseur, à Milan, un 2 août 2002.

Et une autre journée s'écoula.

Sans bruit, sans trop d'angoisse ni de douleur : juste anxiété et impatience, mal au dos et chaleur intense.

Soif aussi, grand-soif, qu'il calma à petites gorgées en vidant la moitié de la troisième bouteille d'eau.

Et une autre nuit s'écoula.

Nuit sans lumière, ampoule dévissée, chaleur opprimante. Même sans bouger, le creux de ses genoux, tout comme le creux de ses coudes, était trempé, et les plis de sa peau moite grattaient. Sa sueur s'évaporait en laissant des grumeaux de sel qui picotaient et brûlaient.

Dans son demi-sommeil images et sons s'enchaînaient. Fernando, il aurait pu ne plus être là, s'être envolé ailleurs. Il attendait, comme un chat malade attend que le temps passe, que n'importe quoi arrive. Doucement l'aube filtra dans l'ascenseur.

*Samedi 3 août, 6 h 20.*

Il respira à fond, Fernando. L'esprit vif et la tête reposée, ou presque. Un coup de tonnerre l'avait réveillé. Il bâilla, se leva, s'étira, satisfait de se sentir vivant ; un filet d'air pénétrait dans la cabine et son odeur évoquait celle de l'asphalte mouillé.

Dehors l'orage se préparait. Si les fusibles sautaient, quelqu'un viendrait voir enfin ce qui se passait dans l'immeuble. Il attendit, retint sa respiration, en s'étirant sur la pointe des pieds.

C'était la fin. Il sortirait de là.

Un coup de tonnerre violent, puis des éclairs s'insinuèrent à travers les interstices, dans l'atmosphère éteinte de l'ascenseur.

L'écart entre l'éclair et le tonnerre devint très bref, l'un succéda à l'autre sans solution de continuité. L'orage s'était rapproché ; il était là, sur sa tête.

Il attendit encore. Respirer devint douloureux.

L'ampoule ne grilla pas. Pas une goutte de pluie. À sept heures, tout était fini. Il hocha la tête, Fernando. Il grogna. Il n'y avait pas cru, se dit-il, pas vraiment. Bon. Il vida presque tout le contenu de la boîte de café dans un petit sac, en garda juste quelques grains, y versa de l'eau et, avec un crayon trouvé dans sa poche – c'était le crayon qu'il utilisait pour inscrire les points au bistrot quand il jouait aux cartes avec ses amis –, il pila et pila jusqu'à ce que la bouillie devienne poudre. Il ajouta du sucre, en abondance, remua comme pour un milk-shake, mâcha pendant quelques minutes, puis avala.

Il continuait à se sentir bien. Prodigieusement bien.

C'est drôle : un homme est enfermé dans un cagibi pendant trois jours et trois nuits, et il va bien.

Vraiment drôle.

Il va bien.

Tout en buvant, il s'adossa à un coin de la paroi, il allongea un peu ses jambes, puis il ouvrit le journal, vieux de trois jours. Non, quatre.

Que s'était-il passé pendant ces quelques jours ?

Rien, probablement.

Dans le journal il lut : *Avis d'appel d'offres. Ministère de la Culture. Société des chemins de fer S.p.A.*

Il tourna la page.

Il lut :

*11 septembre : ainsi avorta le quatrième détournement.*

*Un livre révèle comment les passagers se rebellèrent contre les kamikazes : le chariot des repas employé comme « bélier » contre la cabine de pilotage. Le cri des passagers : « Dans la cabine, dans la cabine ! » Puis le bruit sourd du chariot lancé contre la porte. Un des terroristes est renversé. On entend une voix crier : « Attrapez-le ! Arrêtez-le ! Si on le rate, nous mourrons tous ! » Les passagers arrivent enfin à s'emparer des commandes de l'avion, mais personne ne sait piloter. « Vers le haut ! Pousse vers le haut ! » crient deux voix excitées. Puis le silence.*

Il ouvrit un sachet de crackers, de son doigt il y étala un peu de confiture et le croqua.

L'orage ne s'était pas déchaîné, c'est vrai, mais ça n'allait pas si mal.

Du moins pas aussi mal que pour les passagers de ce vol.

Dans l'ascenseur, il n'y avait pas de terroristes, personne qui eût envie de lui faire du mal, ou de l'assassiner. Il n'y avait que lui, la seule personne sur qui il pouvait compter dans les prochaines heures… dans les prochains jours ?

Sa subtile angoisse vira à une sorte de refus mental, son cerveau bloqua ce sentiment dérangeant dans un recoin et s'accrocha à l'image des hommes qui avaient lutté pour rentrer chez eux et continuer à vivre.

Il fallait un chef pour que les autres agissent. Qu'avait-il dit, le chef ?

*Let's roll.*

Ça voulait dire quoi ? Quelque chose comme « allons-y », sans doute. Il n'y avait pas de traduction dans l'article. Désormais tout le monde comprenait l'anglais, du moins un peu, et lui, qui n'en savait pas un mot, se fiait à son instinct. Tout comme les autres, peut-être.

Et donc ?

Les passagers avaient appelé chez eux. Avec leurs téléphones portables ? Mais on ne pouvait pas utiliser les portables dans les avions. Ça ne fonctionnait pas. Enfin, c'est ce qu'on disait. S'il y avait eu un risque d'interférence avec les instruments de bord, les terroristes les auraient empêchés d'appeler, ils n'allaient pas se permettre de boycotter leur acte. Ou alors le problème des téléphones portables était d'un tout autre genre, rien à voir avec ce que les gens croyaient, tout simplement un problème d'argent : qui paie la facture dans le ciel ? L'autre possibilité était que les passagers aient utilisé les téléphones de l'avion, voilà. Pourquoi les choses ne sont-elles jamais aussi claires qu'elles le paraissent au premier regard, quand on commence à y réfléchir ?

*Let's roll.*

Les passagers s'étaient donc levés de leurs sièges et s'étaient lancés contre les terroristes. Avaient-ils des armes, les pirates de l'air ? Bien sûr que oui, mais ils ne pouvaient pas s'en servir, l'habitacle se serait dépressurisé… Était-ce le mot correct ? Fernando avait plutôt l'impression que l'avion se serait… dégonflé.

Les armes étaient donc inutilisables. Mais les passagers pouvaient-ils le savoir ? Savaient-ils ce que les terroristes voulaient ? Et parmi eux, y avait-il eu quelqu'un s'opposant à un défi ouvert avec les terroristes ? Quelqu'un qui aurait volontiers maudit les héros du vol UA93 ? Les mous, les tièdes. Les brebis.

Quelle tête avait-il, le chef de bande des passagers ? Todd, il s'appelait, Todd Beamer. Qu'avait-il dit à sa femme au téléphone, avant de se trouver face à face avec les terroristes ? Et à sa fille, à son fils, s'ils n'étaient pas encore partis à l'école ?

Espérait-il s'en sortir ? Il était peut-être d'un naturel optimiste. Que faisait-il dans la vie ? Avait-il bien dormi pendant sa dernière nuit ? Avait-il fait l'amour à sa femme ? Avait-il rêvé ? Avait-il eu le temps de prendre son petit déjeuner, ce matin-là, si tôt, avant d'embarquer ? Croyait-il en Dieu, avait-il prié, d'ailleurs priait-il chaque fois qu'il prenait un avion ? Peut-être ne le faisait-il jamais, il prenait l'avion comme lui, Fernando, prenait le bus. Tout à coup il avait envie de savoir tout ça, Fernando. Il achèterait le livre *Let's roll* dès sa sortie, et le lirait. Et la dernière pensée de Todd ? « Merde ! Alors c'est ça, mourir ? » Ou bien : « Fichtre ! J'aurais essayé, au moins ! »

Ou bien

Ou bien

Ou bien…

La lumière s'éteignit. Était-ce l'ampoule qui avait enfin grillé, à force d'être manipulée ? Ou les fusibles qui avaient sauté ? Encore un orage ?

Un éclatement sec, et des rires pas loin. Deux hommes, non, trois peut-être. Juste à quelques mètres. Ils rigolaient, puis entraient dans un appartement, celui en face des Cenci, et déjà Fernando ne les entendait plus.

Ils en sortirent une dizaine de minutes plus tard, ils ne riaient plus, ils s'insultaient, ils descendirent bruyamment les escaliers en gueulant contre l'ascenseur en panne.

C'étaient les voleurs d'il y a deux nuits, ils étaient revenus, et lui, il avait trop peur pour crier cette fois-ci. La panique paralysait sa gorge, il ne pouvait même pas avaler.

La lumière revint, il retrouva sa voix, péniblement il murmura : « Au secours, au secours, je suis enfermé dans l'ascenseur, je vous en prie, aidez-moi. »

Dans le hall, en bas, les voix se turent.

Jamais il ne sut s'ils l'avaient entendu.

Il s'évanouit.

*Dimanche 4 août. Nuit.*

Les heures s'étirèrent entre l'évanouissement, le sommeil, les pleurs, le demi-sommeil. Fernando avait chaud, il avait soif, il urina et but, encore et plus. Puis il replongea dans un sommeil qui ressemblait au néant.

*Nuit entre le dimanche 4 août et le lundi 5 août.*

Fernando se réveilla tenaillé par la peur, pesta, se fracassa à nouveau les poings contre les parois de l'ascenseur, essuya sur son pantalon le sang qui jaillissait de ses blessures, se laissa retomber exsangue et haletant, se rendormit, eut des cauchemars, Olga s'approchait de lui, lui souriait en montrant des dents ensanglantées. Il se réveilla à nouveau, puis s'immergea dans l'obscurité d'un sommeil cauchemardesque jusqu'au matin.

*Lundi 5 août.*

Au réveil il planta ses dents dans la chair d'un citron. Le jus coulait sur son menton, comme la novocaïne avec laquelle le dentiste lui avait une fois endormi la bouche. Il mangea aussi l'écorce de l'agrume. Amère, acidulée, bonne. La tête brouillée par le sommeil trop long, par la chaleur et la fatigue, il urina – quelques gouttes. Mais il n'alla pas à la selle. Plus de diarrhée depuis trois jours. Il avait mal au ventre. Il avait mal aux articulations, il avait mal à la tête, il avait mal partout.

Mais il remonta à la surface.

Et il ouvrit le journal, en croquant une pomme.

Tout ce qu'il pouvait y lire, il le savait déjà.

Est-ce qu'on parlerait de lui, une fois qu'on retrouverait son cadavre à la fin du mois ?

Trop tard. Sa fin ne ferait pas la une. En plein mois d'août, voyons ! Août est un mois où souvent il ne se passe rien. Ce rien qui rend si agréable la lecture du journal sur la plage.

Les journalistes sont-ils moins attentifs ? Ou bien on s'en fiche de ce qui se passe ? Ou les deux ?

Les gens ont chaud, ils ne s'intéressent qu'à la circulation sur les autoroutes et aux prévisions météo.

Il était allé une fois à Venise, avec Olga. À l'arrêt du « vaporetto », un groupe de gens échauffés se bousculaient, se marchaient sur les pieds, jouaient des coudes pour monter avant les autres. Fernando avait laissé passer une dame, trop maquillée et très en chair, bien plus en chair que lui, puis une autre, aussi grosse que la première, enfin une troisième, même gabarit. Il y en avait tout un troupeau. Il avait essayé de se frayer un passage, avec sa forte corpulence, pour faire de la place à Olga. La dame derrière lui avait pesté, Fernando se souvenait qu'il avait marmonné quelques mots du genre « si les gens respectaient la file d'attente… » Sur ce, la dame avait braillé de sa voix perçante, en s'adressant à ses amies obèses : « Nous sommes en vacances, oui ou non, mais même en vacances, il y a des pauvres types pour casser l'ambiance. »

Une idée lui avait traversé l'esprit. Pourquoi faut-il qu'on soit grossier, déplaisant, qu'on méprise la bienséance ? C'est à ça qu'elles servent, les vacances ?

Là, enfermé dans son ascenseur, il se dit que s'il y avait un moment idéal pour faire passer une loi inique, c'était bien le mois d'août. Août, vacance de l'intelligence, de l'amabilité, de la conscience sociale et civile. Et morale, surtout.

Il ricana.

Quelques jours de vacances dans un ascenseur auraient été salutaires à beaucoup de gens. À tous, quasiment.

Mais il n'avait personne avec qui partager cette idée. Ils le retrouveraient mort à la fin du mois d'août, dans cet ascenseur. Il n'osait même pas imaginer la puanteur.

Fin de l'histoire.

*Mardi 6 août.*

Une autre pomme. Une diarrhée terrifiante. Une odeur pestilentielle.

Il n'avait pas sacrifié un autre sac à provisions ; cette fois-ci, il avait tout simplement agrandi le trou. Même les animaux ne défèquent pas dans leurs tanières.

*Mercredi 7 août.*

La ceinture de son pantalon n'avait plus de trous, pas moyen de la serrer davantage. Fernando la retira, retroussa son pantalon plusieurs fois, il était un peu ridicule avec un pantalon si court, mais au moins il n'avait plus à le remonter. De toute façon, il ne devait aller nulle part…

*Jeudi 8 août.*

Une ceinture pouvait servir à autre chose qu'à ajuster une culotte à la taille… Il fallait juste savoir où l'accrocher. Il était à bout de forces.

*Let's roll.*

Son esprit changea de sujet.

Il but du lait, heureusement qu'il était « longue conservation ». Mais sa bouche pâteuse en garda un goût amer.

*Vendredi 9 août.*

De pommes, il n'y en avait plus. Il avait allongé l'eau avec le vinaigre. C'était plus désaltérant.

Mais il n'en restait plus que deux bouteilles.

*Samedi 10 août.*

Il mangea le dernier citron. Il le garda en bouche toute la journée. Il avait commencé à uriner dans les bouteilles vides. Au cas où…

*Dimanche 11 août.*

*Encore un pas, un autre ; la neige traversait la couverture, poignardait le visage, le cou, les poignets. Le vent nous coupait le souffle, essayant de nous arracher la couverture. Je mangeai un bout de fromage que venait de me donner Adriano, il était dur à casser les dents ; en le mastiquant on aurait dit du sable et je sentais qu'avec la bouchée, j'avalais du sang qui me sortait des gencives et des lèvres. L'haleine gelait sur ma barbe et mes moustaches se couvraient de neige portée par le vent. Elle formait des glaçons. Ma langue amenait ces glaçons dans la bouche pour les sucer. Et l'aube vint. Et la tourmente augmenta de violence et le froid redoubla.*

*Aujourd'hui, je me pose une question : s'il n'y avait pas eu la tempête, aurions-nous pu échapper aux Russes ?*

*Encore un pas, un autre ; la neige traversait la couverture, poignardait le visage, le cou, les poignets. Le vent nous coupait le souffle, essayant de nous arracher la couverture. Je mangeai un bout de fromage que venait de me donner Adriano, il était dur à casser les dents ; en le mastiquant on aurait dit du sable et je sentais qu'avec la bouchée, j'avalais du sang qui me sortait des gencives et des lèvres. L'haleine gelait sur ma barbe et mes moustaches me couvraient de neige portée par le vent. Elle formait des glaçons. Ma langue amenait ces glaçons dans la bouche pour les sucer. Et l'aube vint. Et la tourmente augmenta de violence et le froid redoubla.*

*Aujourd'hui, je me pose une question : s'il n'y avait pas eu la tempête, aurions-nous pu échapper aux Russes ?*

Pour la septième fois, il relit la même phrase du livre de Rigorni Stern.

Il la lut encore une dizaine de fois, puis il ferma les yeux.

*Lundi 12 août.*

Les nuits étaient longues. Le jour, il dormait. Il allumait l'ampoule de plus en plus rarement. La chaleur et la lumière qu'elle dégageait étaient trop intenses. Grâce à quelques orages l'air était moins lourd que dans les jours précédents. Il parvenait encore à respirer. Haletant, il se retirait dans une région de son être dont il ignorait l'existence jusque-là.

*Mardi 13 août.*

Il dormit presque tout le temps. Pendant les quelques heures où il resta éveillé, il ne prit pas la peine d'allumer l'ampoule.

D'une bouteille d'eau minérale désormais vide il but son urine. Animé d'un sentiment de sombre jubilation, il y ajouta un peu de sucre.

Il dut la jeter.

*Mercredi 14 août.*

Il restait un peu de confiture dans le pot. D'une moue boudeuse, il la mangea.

Il restait quelques grains de café. Il les suça en grimaçant.

Il vomit dans le trou.

Il alluma l'ampoule. Il regarda ses habits, incroyablement sales. Il toucha son visage : la barbe et les moustaches incrustaient sa peau d'une moisissure dure et puante.

Dans le livre de Rigorni Stern, il lut :

*Je fermais les yeux mais je marchais. Un pas, puis l'autre, un pas, puis l'autre, un pas, puis l'autre. Combien de kilomètres ? Pas de sommeil. Et cette soif. Ç'a été toujours ainsi ? Ce sera toujours ainsi ? Je fermais les yeux mais je marchais. Un pas. Encore un pas.*

Jeudi 15
Et le 16
Et le 17

Et le 18
Et le 19
Et le 20 août

Il resta en vie.

Le mercredi 21 août, il commença à mourir.

Il était dans une grande étendue blanche, noyé dans la neige. Il n'avait pas froid, au contraire, il s'était terré dans un fossé qu'il avait creusé dans la glace, de son souffle sortaient de petits nuages légers qui flottaient dans le bleu lacté du ciel. Il aurait voulu que ce fût la nuit, pour voir les étoiles briller immenses dans le firmament glacial. Un loup s'approcha, le regarda de ses yeux de givre, le huma…

*Jeudi 22 août.*

Maintenant et à l'heure de notre mort… maintenant et à l'heure de notre mort…

*Vendredi 23 août.*

Amen.

*Samedi 24 août.*

— Et alors je lui ai dit, tu sais, tu ne peux pas continuer ainsi à l'école, que deviendras-tu, et elle m'a répondu, je serai un grain de poussière, et moi j'ai pris ça très mal, elle n'a que dix ans, qu'aurais-je dû lui rétorquer, qu'elle avait sauté une étape ? Hier encore, elle faisait la mise en plis à sa Barbie, à l'époque je la comprenais encore – tu ne trouves pas qu'il y a une odeur terrible ici, et ce foutu ascenseur qui est toujours en panne, ça vaut vraiment la peine de rentrer deux jours plus tôt pour retrouver cet immeuble infect et l'ascenseur hors d'usage...

Le loup le renifla encore une fois, puis se retourna et trotta hors de son champ de vision.

*Dimanche 25 août.*

*J'éprouvai le désir de voir l'herbe verte, de m'étendre sur l'herbe verte et d'écouter le vent dans les branches des sapins. Et l'eau ruisseler entre les cailloux.*

*Let's roll*, Fernando.

*Let's roll.*

Traduit de l'italien par Nicoletta PACETTI.

# L'année 82

*Pardonne-moi, mon cœur, et plains-moi,*
*si je ne suis pas mort dans tes bras.*

Franz HESSEL.

Avant, l'idée même de mourir n'avait fait que l'effleurer sans qu'elle s'en rende compte, tant cela semblait étranger à sa belle jeunesse. Ensuite, la mort avait frappé, au hasard et comme par jeu, quelques-uns de ses amis, l'un de ses amants, puis sa mère.

Mais cette année-là, l'année 82, ce fut dans une valse enfiévrée que la mort entraîna Léo. Elle embrassa la jeune fille avec la tendresse brûlante de ce qu'il y a de plus dangereux : les corps, l'amour. Léo avait vingt ans. Elle avait failli ne jamais en avoir vingt et un.

Ce dimanche matin, Léo regarde du haut d'une fenêtre cette ville qu'elle a connue autrefois. Il est encore tôt, six heures ou à peine plus. En face, dominant l'étendue de toits roses, le clocher de Sainte-Marie-des-Anges est déjà en pleine lumière. Léo a fêté cette nuit le soixantième anniversaire d'un homme qui n'a pas su, qui ne sait toujours pas à quel point il aura été déterminant dans sa vie.

En bas, sur la placette où un grand orme vient de perdre ses premières feuilles, un vieux monsieur en pyjama rayé sort de chez lui avec un journal qu'il pose par terre. Une dizaine de chats sortis du néant convergent vers *Le Monde*, dont Léo peut lire d'en haut les grands titres. Le vieux monsieur frappe à une porte. Une femme en chemise de nuit lui fait signe d'entrer. Elle lui montre de la main une tasse qui fume dans le petit matin. Il entre chez elle. La place est à nouveau déserte.

Automne 81. Qu'est-ce que cette petite Italienne, cette Eleonora que tout le monde appelait Léo depuis toujours, était venue chercher dans cette ville du sud de la France ? La nuit, dans le lit de la maison où elle était née, elle écoutait les sifflements des trains au loin. Elle aurait aussi bien pu choisir Paris, Marseille, et même Londres ou Berlin pour son séminaire. Quels rêves, quelles fantaisies l'avaient poussée à choisir cette faculté-là ? Elle ne s'en souvient plus.

Elle ne se souvient pas non plus pourquoi elle avait accepté l'invitation de ce couple qui allait dîner chez un ami, ni comment, en fin de compte, elle s'était rendue seule chez cet homme qu'elle ne connaissait pas – une quinzaine d'années de plus qu'elle, des cheveux tout ébouriffés, des yeux noirs et rieurs. Leur tête-à-tête avait été laborieux pour lui et pénible pour Léo, jusqu'à ce qu'il la prenne par la main et lui dise, viens, on va au pieu. Elle l'avait suivi. Malgré ses lectures, Stendhal et

Barthes, elle ne savait pas ce qu'était un pieu. Sade, peut-être, mais bon… Pendant que Luc refaisait le lit, étrange réflexe puisqu'ils allaient le défaire quelques minutes plus tard, elle se disait que c'était son ignorance du français qui l'avait emmenée là. Elle avait néanmoins vécu une nuit de ténèbres enjouées, pendant laquelle elle en avait appris plus sur le sexe qu'elle n'aurait voulu en savoir. Jusque-là, cela n'avait été que jeux de chatons, impudiques mais chastes, et curiosité. Elle n'en connaissait pas encore les silences, l'amertume, et la sombre jubilation.

Léo était partie à l'aube pour rentrer chez elle, où un garçon amoureux l'attendait. Il fallait qu'elle lui explique, qu'elle mente. Elle s'était arrêtée pour voler une rose dans un jardin, une rose d'hiver blanche et rouge comme une gamine qui court dans la neige. Elle cherchait une parade, quelque chose à lui raconter. Mais il n'était pas là. Elle s'était recouchée avec une BD.

Quoi d'autre ? La mère du jeune homme amoureux lui avait fait une surprise. Elle l'avait menée voir une maison dont elle voulait faire cadeau à son fils et à Léo. La demeure, dont une aile surmontait un cours d'eau profond, était impressionnante. Les pierres antiques, lissées par l'humidité, suintaient des filets verdâtres. Au retour, dans la voiture, Léo avait dit à cette femme que de toute façon avec son fils c'était foutu. Elle maîtrisait encore mal la langue dans laquelle elle s'exprimait. La mère du jeune homme l'avait longtemps regardée, accablée, et le reste du trajet s'était déroulé dans un silence absolu.

Après cela, tout s'était accéléré. Léo voulut s'en aller. Elle jeta son dévolu sur Paris. Elle avait encore fait l'amour avec le jeune homme avant de le quitter. Il l'avait gardée près de lui un après-midi entier, et encore toute la nuit. Comme s'il fallait qu'il la convainque de quelque chose. Elle le chevauchait, et quand il jouissait, elle le faisait sortir d'elle. Son jaillissement arrivait parfois jusqu'au plafond. Ça les faisait rire quand ils n'étaient pas en train de pleurer. Et puis, dans la nuit, il l'avait immobilisée contre lui sans qu'elle puisse se dégager. Elle avait eu le temps de penser qu'il tentait le coup, pourquoi pas ? Lui faire un enfant, une dernière chance pour qu'elle reste. Au matin, elle était partie.

Il ne faut pas croire qu'elle faisait n'importe quoi. Pas encore, en tout cas. Léo avait été plutôt avisée, tout compte fait. Jusque-là.

À Paris il faisait froid. Sa veste en toile, la seule qu'elle possédait, avait été parfaite pour traverser l'automne dans le Sud, mais à Paris Léo frissonnait tout le temps. Elle n'avait pas de chaussures de rechange, pas d'écharpe, pas de gants. Et pas d'argent, surtout pas d'argent. Une amie lui trouva une chambre de bonne dans le Marais, puis un travail qui allait avec, bonne d'enfants. Le couple qui l'embaucha était débordé, ravi d'avoir trouvé une fille au pair qui avait l'air de ce qu'elle était, une réchappée de bons collèges, un peu paumée mais bien élevée. Léo vidait le frigo où traînaient des soupes oubliées et des morceaux de poulet du dimanche soir. Les enfants étaient blonds et sages. Elle les couchait, leur racontait des histoires, puis pendant qu'ils dormaient profitait de la télé et des restes encore comestibles. Cela avait duré jusqu'au moment où, un mercredi après-midi, le père des enfants avait débarqué sans s'annoncer.

Il l'avait ignorée pendant qu'elle faisait jouer les petits, lisant son journal sur le grand canapé du salon et poussant un soupir fatigué lorsqu'ils se chamaillaient. Ensuite, quand elle les avait couchés pour la sieste, il était sorti de son mutisme pour lui demander de s'asseoir près de lui. Les enfants lui ressemblaient, blonds comme lui, avec de beaux yeux et une bouche un peu triste. Il avait allongé une main sur son genou tout en lui disant qu'au bureau, ils avaient besoin de quelqu'un qui réponde au téléphone le matin, un petit travail bien payé. Sa main remontait du genou à la taille de Léo, glissant avec des tremblements heurtés. Quand il l'avait serrée contre lui, Léo s'était levée d'un bond, prétextant un bruit dans la chambre des petits. Il l'avait suivie. Dans le couloir il l'avait poussée contre le mur et fourré une jambe entre les siennes pour l'embrasser durement, presque méchamment. En lui mordant les lèvres il lui murmurait qu'il ne faisait plus l'amour à sa femme depuis la naissance du petit dernier, il s'occuperait d'elle, lui trouverait un appartement, du travail.

Léo avait éclaté de rire, s'était dégagée, avait pris sa veste, son sac, laissé les clés sur le petit plateau près du porte-manteau et était partie, refermant la porte tout doucement pour que les enfants ne se réveillent pas.

Lorsque leur mère avait appelé, le soir, en colère parce que Léo s'en était allée sans la prévenir – heureusement que son mari était là ! –, Léo avait raccroché sans rien dire.

Son amie l'avait avertie que dans le cercle de ses connaissances, plus personne ne lui ferait confiance. Le lendemain, Léo avait trouvé une place de vendeuse dans une boutique du XVIe arrondissement.

Léo frissonne devant la fenêtre ouverte. La placette au-dessous d'elle ne se réveille toujours pas. Ça ressemble à un décor de théâtre avant que le rideau ne se lève, à une toile de fond qui attend les derniers coups de pinceau.

Dans sa chambre de bonne, le vent ouvrait sans cesse la fenêtre qui donnait sur un minuscule balcon. Léo, la nuit, mettait tous ses vêtements sur le lit pour se réchauffer. Le matin elle avait le bout des doigts tout bleus. Se laver dans le minuscule lavabo lui donnait des crampes. Comme le lundi la boutique était fermée, elle allait au hammam de la Mosquée pour son seul bain de la semaine. Elle y restait trois, quatre heures, parfois plus. C'était les seuls moments où elle n'avait pas froid.

La responsable de la boutique lui avait dit un jour que son odeur incommodait les clientes. Elle s'était réfugiée dans le cagibi un long moment, tremblant de rage, furieuse et désarmée.

À la fin du mois de février, son père lui avait envoyé un billet de première classe, un aller simple, pour qu'elle revienne à la maison. Elle l'avait revendu. L'amoureux avait réussi à faire en sorte qu'elle se souvienne de lui. Léo ne voulait ni de ce souvenir, ni de l'enfant qu'il avait réussi à lui faire. L'argent du train avait servi à payer l'avortement dans une clinique privée.

De ça, Léo s'en souvient comme si c'était quelque chose de très proche dans le temps. La procession de femmes en chemise blanche et rêche, ouverte dans le dos, silencieuses et blêmes dans le couloir vert, pieds nus. Elle se rappelle de ce sommeil bref et lourd, d'une tasse de thé avec des tartines à la confiture d'abricot qu'on lui avait apportées quand tout avait été terminé. Léo en aurait bien pris une autre portion, mais l'infirmière avait secoué la tête et dit qu'elle pouvait partir.

Cinquante francs tous les trois jours pour manger. Elle choisissait soigneusement le plat le plus copieux de la carte. Quatre cents francs pour le loyer. Puis l'abonnement du téléphone, un café et un croissant à midi les jours où elle travaillait à la boutique. Parfois, elle était invitée à dîner chez des gens qui ne soupçonnaient pas comment elle vivait, auxquels elle racontait qu'elle était traductrice.

Un jour la femme chez laquelle elle devait dîner le soir même était venue à la boutique. Léo s'était cachée dans les toilettes, n'en sortant que lorsqu'elle avait été sûre qu'elle s'en était allée. Au dîner, son hôtesse arborait sa nouvelle robe qui ne lui allait pas, et qu'elle allait lui donner quelques jours après. La robe était taille 42, Léo faisait du 36. Subrepticement, à la boutique, elle l'avait échangée contre une plus petite. On s'en était aperçu. Léo avait été virée.

L'argent s'amenuisa très vite. De ses cinq derniers francs, Léo fit l'aumône à un vieil homme en guenilles dans la rue, puis alla souper avec Luc, de passage à Paris. Le matin, au petit déjeuner, il lui demanda comment ça se passait « côté boulot ». Elle lui servit son mensonge habituel, traductrice de romans, sympa mais mal payé. Si ça ne la gênait pas de traduire autre chose, songea Luc à haute voix, il lui proposerait volontiers du travail. Elle accepta. La femme de ménage de l'hôtel frappa plusieurs fois à la porte de leur chambre pour qu'ils en sortent enfin.

Luc décida de rester un jour de plus, une nuit de plus. Puis une autre, et une autre encore. Le jour où il partit, il lui donna une avance de quelques centaines de francs. Léo acheta une machine à écrire d'occasion d'un orange vif sur laquelle il fallait taper fort.

Debout à cette fenêtre, un café à la main dont Luc vient de moudre les grains dans sa machine désuète – tout chez lui est désuet et un peu maniaque maintenant, au point que ses vieilles boîtes en fer-blanc, celles où il y a écrit *Sucre*, contiennent vraiment du sucre –, Léo pose la tête sur l'épaule de son vieil amant. La nuit dernière ils n'ont pas fait l'amour. C'est bien la première fois que ça leur arrive, depuis qu'ils se connaissent. Elle a très peu dormi, enveloppée dans l'impalpable volière d'une ample chemise de nuit, pendant que, nu, il s'accrochait à elle.

Le bonhomme, en bas, ramasse *Le Monde* tout graisseux. Les chats ont disparu. Les volets en face s'ouvrent lentement. Une jeune fille sort la tête, bâille, se gratte le nez, rit à quelque chose que quelqu'un lui dit. Elle est belle, les cheveux défaits. Un grand soupir échappe à Léo. Luc la serre un peu plus contre lui.

Elle avait été amoureuse de Luc comme on peut l'être quand on ne sait pas encore ce que c'est. Mais lui était déjà amoureux de quelqu'un d'autre, et depuis longtemps, même s'il aimait bien Léo.

Une fois Luc reparti chez lui, Léo avait retrouvé sa vie d'avant. Elle était sortie avec un garçon rencontré dans un café qui lui faisait mal l'amour et ne l'intéressait pas. Il était si admirablement fait que le regarder était comme une souffrance.

Elle mangea ses premières huîtres pendant le week-end en Normandie qu'elle passa avec un autre garçon, moins beau mais plus drôle que celui rencontré dans le café. Paul était d'une timidité à fleur de peau et toujours un peu inquiet, mais il se révéla vite un compagnon agréable et d'une courtoisie à l'ancienne qui la réconforta.

Souvent, Léo ne dormait pas la nuit pour être à l'heure dans ses traductions. Les journées étaient trop pleines de choses à faire, de gens à rencontrer, de livres à lire et de promenades aux parcs. La nuit, ça servait à travailler – et à faire l'amour. En attendant, le meilleur ami de Paul lui faisait la cour. Elle ne voyait pas pourquoi il aurait fallu qu'elle dise non. Elle ne le fit donc pas. Ce dernier amant, Jules, était bien meilleur au lit que les deux autres avant lui : Léo apprit avec lui une certaine souffrance et le manque, perdit un peu la tête, la retrouva dans le train qui l'emmenait vers la petite ville de bord de mer où elle allait revoir Luc.

C'était déjà dans cette maison au-dessus des toits où elle se tient en ce moment, un peu penchée par la fenêtre restée ouverte. Les hirondelles crient dans un ciel qui devient moins laiteux. Bientôt elles partiront pour l'hiver. La jeune fille en face a tiré les rideaux mais on la devine à moitié nue derrière les voilages légers, sa chevelure bouclée virevoltant autour d'elle. Luc a mis la radio, il est là-haut en train de prendre une douche. Léo n'a aucune envie de bouger. Le menton dans la main, elle se dit que c'est drôle de se souvenir de tout comme ça. Du moindre grain de peau, de l'odeur des hommes avec lesquels elle a couché. De la forme de leurs yeux, de celle de leur bouche, de la texture et de la saveur de ces sexes qu'elle a aimés. Elle se souvient de tout, en effet. C'était en 82, personne ne mettait de capotes en ce temps-là, le sida n'existait pas, Klaus Nomi n'était connu que d'une poignée d'élus, juste pour sa voix.

Les pieds à peine posés sur les quais, elle avait été impressionnée par la douceur de l'air. À Paris les lilas venaient juste d'éclore et, dans cette petite ville, tout était tiède et parfumé, le ciel clair, les gens débarrassés de leurs pelures d'hiver. Léo, qui avait fini par s'acheter des bottes et un manteau un dimanche matin aux puces de Saint-Ouen, avait déjà chaud. Luc, qui l'attendait dans sa voiture à l'extérieur de la gare, l'avait emmenée à la mer. Ils avaient passé la journée couchés derrière les dunes à danser sur leur vieil adagio sans paroles, là où ils l'avaient laissé la dernière fois qu'ils s'étaient vus. Luc avait paru heureux de la revoir. Léo lui avait demandé, si bas que le son de sa voix n'était même pas arrivé à ses oreilles, tu m'aimes ? Mais Luc n'avait pas répondu. Léo avait fait semblant de croire qu'il ne l'avait pas entendue.

Le soir, en rentrant, ils étaient tombés sur un spectacle de rue. Trois danseurs et une danseuse butant les uns sur les autres, rebondissant pour cogner sur le corps le plus proche. C'était violent, la musique, un mélange de tambours et de guitare manouche. Les trois danseurs, maigres et musclés, transpiraient sous le justaucorps classique qui les moulait. La fille avait des seins pointus dans un soutien-gorge en pièces de monnaie argentées, un short minuscule, des baskets montantes. Elle s'était arrêtée un instant devant Luc, l'avait dévisagé, puis s'était retournée pour s'abattre dans les bras du danseur le plus proche, qu'elle avait presque fait tomber.

Luc avait passé la nuit sur le canapé à fumer des joints dont le filtre était fait de fines lamelles de papier enroulées, découpées d'une photo en noir et blanc. Léo avait reconnu le visage de la danseuse. C'était donc à cause de cette bouche pâle aux coins repliés vers le bas, de ces yeux de vierge violée, de ces poignets d'Indienne, que Luc ne pouvait pas l'aimer.

Le matin, de la photo ne subsistait qu'une tranche sombre où on distinguait une mèche de cheveux, le haut d'un crâne. Léo n'y avait pas touché en préparant le café dont elle avait apporté deux tasses près du canapé. Luc lui avait dit, en brûlant les restes de la photo au-dessus du cendrier, qu'il connaissait Clelia depuis la maternelle, qu'elle était imprévisible, excessive, violente et passionnée, « une vraie chieuse, totalement siphonnée ».

Quelques jours après, Luc et Léo avaient retrouvé Clelia au Chemin des Loups, la boîte canaille de la ville. Quittant ses amis, Clelia était venue se joindre à eux. Léo était jalouse, Clelia aussi, Luc embarrassé. Ils étaient rentrés ensemble tous les trois, s'étaient déshabillés pour entrer dans un lit, dans une nuit interminable, démesurée. On aurait pu compter par centaines les baisers que Clelia donna à Luc, que Luc donna à Léo, que Léo rendit à Clelia pour tout recommencer jusqu'à ce que leur peau ne supporte plus la moindre caresse, jusqu'au moment où le temps vint de se lever et de partir après une douche qui les laissa écorchés, pantelants, exténués. Quoi qu'ils fissent, l'odeur des deux autres ne les lâcha pas de tout le jour, et ils se retrouvèrent le soir à nouveau nus, si fatigués qu'ils ne purent que dormir, Clelia dans les bras de Léo, Luc les enlaçant toutes deux. C'était le mois de mars, au matin de leur deuxième nuit les hirondelles, tout juste arrivées, les réveillèrent de leurs cris, de leurs vols noirs entrecroisés sur un ciel si lumineux qu'on ne pouvait le regarder qu'à travers les cils baissés.

Léo avait dû rentrer à Paris. Clelia et Luc se revoyaient, il ne le lui cacha pas. Léo retrouva le timide Paul et Jules l'ardent. Elle les voyait un soir chacun. Jules ne disait pas à Paul qu'il faisait l'amour à Léo, et Paul n'osait pas le lui demander. Léo était fatiguée. Les feuilles des marronniers s'étaient ouvertes comme de grands papillons verts dans ce printemps frais et, tout de suite après, les fleurs roses et blanches avaient jonché les chemins du Luxembourg où elle allait lire en déjeunant. Puis Clelia était venue à Paris. Sans Luc.

Jules invita les deux filles chez lui, avec Paul. Ils dansèrent. Burent. Et, à minuit, Paul, ivre, fit une scène à Jules. Jules se moqua de son ami. Paul le menaça. Jules rit. Clelia s'esquiva. Quand Paul s'en alla en claquant la porte, Clelia sortit de la cuisine, trois nouvelles coupes remplies à ras bord à la main. Plus tard, Jules glissa dans leur lit.

Le jour suivant, Léo et Clelia envoyèrent à Jules trente roses rouges à longue tige, sans épines et sans odeur, superbes comme des stars sur papier glacé.

Léo, qui ne revit pas Paul, donna toutes ses nuits à Jules. Mais elle ne l'aimait pas. Clelia, en revanche, revenait tous les week-ends à Paris pour voir Jules qui, lui, aimait Léo, alors que Léo était toujours amoureuse de Luc comme lui l'était de Clelia. Le printemps glissait trop vite vers un précoce été.

À vingt ans on désire tout, même si on ne sait pas ce qu'on veut. Léo, toujours à la fenêtre, approche un fauteuil pour s'y asseoir et continue à regarder en bas, en sirotant son café devenu froid.

Elle se souvient très bien du jour où elle a laissé Clelia et Jules ensemble à Paris, mis dans un petit sac de voyage quelques vêtements, pris un bus jusqu'à la porte d'Italie et sorti son pouce pour faire du stop. On était à la fin du mois de mai, elle n'arrivait plus à travailler, le peu d'argent qu'elle avait s'envolait très vite et, surtout, elle n'avait plus de nouvelles de Luc. Elle se souvient de ce qu'elle avait mis dans ce petit sac, c'est drôle comme elle se souvient de tout lorsqu'il s'agit de cette année-là : une jupe en jean, un maillot de bain blanc en éponge, deux livres d'Hervé Guibert, des sandales grecques en cuir, son journal intime, un pull-over en cachemire gris qu'elle avait volé dans l'armoire de son père.

Le premier type qui l'avait prise en stop avec une Mercedes métallisée était jeune, beau, très maigre et très nerveux. Il avait essayé de payer le péage sur l'autoroute avec une chaînette en or arrachée à son cou. Les flics étaient arrivés, elle était descendue de la voiture sans se faire remarquer et était partie à pied. Le deuxième type n'avait pas ouvert la bouche de tout le trajet. Le troisième, volubile, avait essayé de la draguer. Une fois arrivée dans la petite ville elle avait découvert que Luc était parti sans laisser d'adresse ni de date de retour. Désemparée, Léo avait appelé Clelia à Paris. Clelia s'était gentiment moquée d'elle, lui avait dit où trouver les clés de son appartement.

Les quinze jours suivants avaient été les seuls de cette année où Léo avait dormi, mangé à sa faim, respiré. Le matin elle descendait à la plage en bus, un livre piqué dans la bibliothèque de Clelia dans son sac, ses lunettes de soleil dans les cheveux, un sandwich dans une main et une serviette de bain dans l'autre. Chaque jour, elle essayait une nouvelle tenue de Clelia. Toutes lui allaient, les deux filles avaient le même gabarit et la même austérité un peu garçonne. Puis Clelia était revenue, Luc aussi, tous les trois avaient passé quelques nuits ensemble dans une chaleur moite de mousson, Clelia était triste car Jules ne cessait d'écrire à Léo. Un jour Luc, fâché, les avait fichues à la porte toutes les deux.

Jules ne voulait pas de Clelia, Léo ne voulait pas de lui, Luc ne voulait pas de Léo et Clelia ne voulait pas de Luc. D'ailleurs Clelia avait déjà un nouvel amant, Marc, skipper d'un voilier dans lequel il les invita toutes les deux pour un tour des îles toutes proches. Sur le bateau il n'y avait que de la drogue, des sardines en boîte et du champagne rosé. Clélia sniffait de l'héroïne avec Marc. Léo se contentait des deux dernières denrées.

Juillet commençait.

Jamais autant que cet été-là Clelia et Léo ne seraient aussi belles, aussi malheureuses, aussi fragiles, aussi proches des étoiles, de la mer et du tombeau.

Cigales, criques d'eau claire, champagne, rires, baisers. Peaux brunes et nues, cheveux emmêlés, pieds secs et noirs, mains ridées par le sel, dents de jeunes loups. La nuit, Clelia et Marc s'ébattaient dans leur couchette à l'arrière du voilier. Léo préférait dormir sur un monticule de cordes, enroulée dans le vieux cachemire de son père et frissonnant dans l'aube plus fraîche.

Quand cela avait-il vraiment basculé ? La nuit où, à Porquerolles, Léo s'était perdue dans le bois de pins, et, revenant très tard au voilier, elle avait trouvé Clelia qui pleurait, hoquetait et vomissait dans l'eau calme du port ? Ou le matin où Clelia n'était pas sortie du lit et, lorsque Léo avait été lui apporter du thé, elle l'avait renvoyée en criant ? Non, c'est le jour où Marc avait giflé Léo qui venait de refuser ses avances. Traînant hors de la cabine une Clelia apathique et abrutie, Marc avait obligé Léo à regarder pendant qu'il la prenait.

Le bateau tanguait doucement, l'après-midi finissait, le soir prenait possession de la mer et du ciel tout entier. Marc ne pouvait pas jouir, l'héroïne l'en empêchait.

Quelqu'un, dans un voilier qui mouillait tout près, s'était mis à jouer du saxophone. Clelia gémissait.

La musique se propageait sur l'eau, limpide et pure. C'était comme quelque chose qu'on a oublié.

Léo avait fait son petit baluchon et était partie, laissant là une Clelia froide, le nez coulant et les yeux d'un fauve qu'un rien peut pousser à vous dévorer.

Luc, qu'elle avait appelé, lui avait répondu qu'il préférait rester seul. Après un long voyage en train qu'elle avait passé enfermée dans les toilettes, car elle n'avait pas d'argent pour le billet, Léo s'était retrouvée à Paris en plein mois d'août, dans la touffeur de sa petite chambre, à tourner en rond et à se demander ce qui avait cloché. Quelques jours après, Luc lui avait téléphoné pour lui dire que Clelia était à l'hôpital et Marc en garde à vue.

Léo avait repris ses travaux de traduction sur sa petite machine à écrire orange, mais il y avait peu de travail en été. Elle avait été obligée de prendre un boulot d'appoint dans un bar de nuit.

Luc, revenu près de Léo à la fenêtre, la fait sursauter en l'embrassant sur la nuque. Elle se tourne et l'embrasse à son tour sur la bouche, un baiser léger, d'oiseau ou de fourmi. Huit heures sonnent au clocher de Sainte-Marie. Luc lui demande si elle veut sortir, prendre le petit déjeuner quelque part. Léo voudrait rester encore un peu. Jusqu'au moment où le soleil la réchauffera, jusqu'au moment elle n'aura plus rien à se raconter. Elle se demande si Luc repense parfois à tout ça. Un jour, il faudra qu'elle lui dise ce qui s'était passé. Il faudra aussi qu'il lui donne sa version des faits.

Trop peu d'argent, un travail déréglé, la fatigue, la chaleur poussiéreuse de la ville en été. Léo n'avait essayé de contacter personne. Puis, un soir, Paul était venu dans le bar où elle travaillait. Il avait été attentif, gentil, ne s'était pas départi de sa courtoisie, mais Léo, qui le connaissait quand même un peu, pouvait voir dans son visage l'ombre de sa rancune et de son ressentiment, lire aux coins de sa bouche raidie une hostilité qu'il démentait. Avec Jules, il était fâché. Léo lui avait dit qu'elle avait cessé de le voir aussi. Après plusieurs soirs où il n'était pas venu au bar, elle l'avait trouvé en train de l'attendre à la sortie, un peu éméché. Il lui avait pris le bras avec galanterie et proposé de venir chez lui. Léo était seule, désemparée, mélancolique et crevée. Elle l'avait suivi. Ce qu'il ne lui avait pas dit, c'est qu'un de ses amis vivait à ce moment-là chez lui. Léo était encore sur le seuil lorsque le type avait fermé la porte derrière elle et s'était incliné dans un geste théâtral.

Luc vient de sortir pour aller acheter des croissants. Elle le voit en bas, sous l'orme, lever son visage et la saluer. Elle lui rend son signe de main et sourit. Elle le connaît bien ce sourire qui est comme un défi. C'est le même qu'elle avait gardé collé sur son visage toute la nuit, avec Paul et Philippe, pendant qu'ils lui arrachaient ses vêtements et qu'ils la prenaient, à tour de rôle ou ensemble, qu'ils la tournaient et la retournaient dans tous les sens, pendant qu'ils faisaient avec elle tout ce qu'on peut faire à une poupée qui ne parle pas, ne pense pas, ne souffre pas. Pour rien au monde Léo ne leur aurait fait le plaisir de leur montrer sa peine ou de les supplier. De toute façon, ça n'aurait rien changé. Philippe avait un accent marseillais. Paul riait quand il parlait. Mais aucun des deux ne lui avait demandé quoi que ce soit. Ils lui avaient juste dit à genoux, ou debout, ou couchée, un animal de cirque, un chien dressé. Elle avait souvent cherché le regard de Paul, mais il s'était dérobé. Il avait été le plus cruel des deux. Philippe en revanche avait souvent cherché ses yeux, surtout quand il jouissait.

Léo était sortie de l'appartement lorsque les deux garçons s'étaient enfin endormis au petit matin, épuisés. Elle avait les bras et les jambes couverts de bleus, ses vêtements déchirés à la main pour ne pas les réveiller. Elle s'était rhabillée, comme elle l'avait pu, sur le palier. Dehors, des merles sifflaient. Une petite bruine tombait sans bruit sur Paris endormi. Léo avait levé le visage et reniflé la pluie.

Septembre était venu et reparti. Elle avait travaillé dur à ses traductions, repris les cours, lâché son boulot au bar. Elle ne sortait pas beaucoup, ne voyait pas grand monde. Luc lui manquait, mais elle avait tellement honte qu'elle n'osait pas se manifester, en dehors du travail qu'elle recevait de lui et qu'elle lui renvoyait. Marc avait écopé de trois ans de prison. Clelia était sortie de l'hôpital. Léo ne savait pas, ne voulait pas savoir si Luc la revoyait. Entre eux deux, c'était comme ça depuis des années, depuis toujours probablement.

En novembre, Luc lui avait téléphoné. On avait retrouvé Clelia chez elle, morte depuis quelques jours déjà. Léo avait eu, elle peut s'en souvenir jusque dans les fibres les plus intimes de son corps, une curieuse réaction : elle était sortie sur son minuscule balcon et avait regardé la petite cour pavée en bas, se rapprochant de plus en plus de l'instant où son corps allait basculer, dans un mouvement de pendule parfaitement réglé. Qu'est-ce qui avait fait qu'elle était rentrée pour se mettre au lit, recroquevillée sur elle-même, les yeux ouverts et sans larmes, les genoux entre ses bras ? C'est un trou noir ce moment de sa vie, quelque chose qu'elle ne comprend toujours pas.

Alors que depuis une semaine elle ne sortait pas de sa chambre, ne se nourrissant plus que de quelques verres de lait et de pommes vérolées, quelqu'un avait frappé à sa porte un matin, très tôt. Léo, titubante, s'était levée pour faire face à sa mère, une petite valise à la main. Léo s'était recouchée dans ses bras et avait pleuré, longtemps, jusqu'à tomber endormie. Lorsqu'elle s'était réveillée, sa mère avait mis des fleurs et des fruits partout, fait le ménage et acheté un réchaud à gaz sur lequel elle était en train de faire cuire quelque chose qui sentait très bon. Léo s'était rendormie.

Luc revient à ce moment-là, des croissants d'un côté, un petit sac en papier de l'autre. Il est resté longtemps dehors. Il lui a apporté un cadeau, un grand papillon aux ailes bleues dans un cadre en bois argenté déniché aux puces, plus bas dans la rue.

Sa mère était en train de chanter tout bas quand Léo, le lendemain matin, s'était à nouveau réveillée.

Il lui semblait que, quoi qu'elle puisse lui raconter, sa mère savait.

Elle lui avait dit juste une phrase : « Il y a plein de choses que les femmes sont obligées de savoir pour pouvoir avancer. »

# Fiat 500

*Tu ne seras pas seul, on n'est jamais seul.*
*On est avec soi, c'est autre chose, tu le sais bien…*

Jean ANOUILH, *Eurydice*.

Je n'avais toujours pas de permis de conduire lorsque je suis devenue propriétaire de ma première Fiat 500 – par la suite, j'en ai eu une dizaine d'autres.

J'habitais un minuscule sous-sol à Rome en ces temps-là et, très soudainement, j'ai hérité de l'appartement près de Campo dei Fiori d'un ami parti vivre au Brésil avec une danseuse *exotic bikini*. Je n'ai jamais compris en quoi cela consistait, mais ça devait être assez chaud car du soir au matin il avait abandonné ses maigres possessions, sous-loué son *monolocale* pour un temps indéterminé et, surtout, bradé sa superbe 500 rouge Ferrari pour trois cent mille lires, toutes mes économies.

C'est Gregory Corso, le poète italo-américain, qui traînait comme d'habitude sa tignasse et sa gueule d'ange alcoolo chez Giorgio, le *vinaio* du coin, qui m'a aidée à pousser la voiture à deux heures du matin jusqu'à mon nouveau chez-moi. Enfin, quand je dis qu'il m'a aidée j'exagère, car le vieux Corso arrivait à peine, à cette heure-là, à se pousser lui-même du bar de San Callisto à chez Giorgio, d'où le plus souvent il était expulsé manu militari. Bref, nous voilà lui et moi assis sur les sièges plein cuir de la voiture en train de deviser jusqu'à l'aube de liberté, d'errance et d'éternité dans une langue composite mâtinée de mauvais italien – le sien – et de mauvais anglais – le mien. Cette espèce de symbole de la *beat generation* – le plus émouvant, le plus perdu, le plus rêveur et probablement le plus tendre de toute la clique – était capable de grandes tirades oniriques parfaitement incompréhensibles mais aussi de purs moments de poésie, pendant lesquels son esprit brillait aussi haut qu'une flamme libre. Je me souviens des silences qui ponctuaient ses sentences, ironiques et solennelles à la fois. Je me souviens ne pas avoir tout à fait compris un long discours sur la nécessité de savoir conduire même quand on ne sait pas où on va. Et parmi toutes ces déclarations plus ou moins obscures, il y en a une que j'ai retenue dans son entièreté : « L'étranger n'est pas celui qui arrive aujourd'hui et repart demain – ça, c'est un touriste, avait dit Corso en projetant un long crachat sur la terre battue de la cour – mais celui qui arrive aujourd'hui et ne repart pas, sans savoir combien de temps il va rester, sans même, d'ailleurs, se le demander. »

L'été était vite venu, un été romain précoce et affolant, échevelé et ardent, brûlant de toutes les sèves qui affleuraient sur l'écorce des pins méditerranéens, parfumé des brises venues de la mer, hanté par les cris des hirondelles effleurant l'eau des fontaines au crépuscule. Mes examens à la fac s'étaient bien déroulés, compte tenu du fait que je vivais depuis deux ans déjà sur mes acquis. Il faut dire à ma décharge que j'avais un amoureux qui prenait tout mon temps.

Moreno était irresponsable, inconstant, menteur, caractériel, arrogant et un brin mythomane ; toutefois, déhanché comme Jim Morrison, peau blanche et cheveux noirs, yeux de braise et grande bouche, il était sexy comme le diable. Un cas d'école, le genre de type qui avait le pouvoir de hérisser le strict chignon de ma mère et de donner à mon père des envies de crime parfait. Car je l'avais présenté à mes parents, repas de dimanche inoubliable pendant lequel Moreno avait essayé de me coincer dans les toilettes et ensuite, fou de rage parce que j'avais refusé ses avances, s'était soûlé abominablement avec le meilleur montalcino de papa tout en éructant des maximes révolutionnaires à la con du genre *colpirne uno per educarne cento*, en tuer un pour en éduquer cent, ce qui avait provoqué une éruption soudaine de boutons sur le cou et la poitrine de maman, dont le frère – mon oncle, dirigeant chez Fiat – avait déjà essuyé deux attaques des *Nuclei Proletari Armati*.

Tout ça pour dire que j'étais folle de Moreno, et que c'est avec lui que je suis partie avec la 500 pour nos premières vacances, dans le sud de l'Italie.

Le jour du départ, pendant que nous chargions nos bagages, Moreno avait trouvé le moyen de s'ouvrir le pouce sur un coin rouillé de la portière. Il braillait en maudissant le monde entier tandis que j'essayais de sonder la profondeur de la blessure en lui tenant la main sous l'eau de la fontaine de la Piazza degli Zingari. J'ai failli tomber dans les pommes en apercevant la blancheur du tendon jaillissant parmi les bulles de sang. Nous ne nous étions donc mis en route que le soir, un soir somptueux avec des stries rouges et noires dans le ciel, orageux et suave, apocalyptique et d'une douceur à hurler. Tout ce que notre voyage promettait d'être dès le départ car Moreno, que le médecin des urgences avait bourré de tranquillisants, s'était donné du courage à l'aide d'une demi-bouteille de whisky. Les ténèbres et la fatigue nous étaient très vite tombées dessus. Cette nuit dans un hôtel de passe, avec les putains qui montaient et descendaient l'escalier bruyant suivies de leurs clients silencieux, n'était pas exactement ce qu'une fille amoureuse peut rêver de mieux, mais je m'en étais accommodée, me disant que la vraie vie, ça devait ressembler à ça. J'étais jeune – maladie dont on guérit –, c'est tout ce que j'ai à dire là-dessus.

Pendant que Moreno dormait aussi immobile qu'un caillou, les poings serrés, je m'étais levée et j'avais regardé par la fenêtre de la chambre restée ouverte. La 500, au milieu du parking, luisait doucement sous une demi-lune d'une pureté de neige. Un sentiment de liberté avait envahi ma poitrine ainsi que la fierté du légitime propriétaire d'un bijou pareil. Je m'étais recouchée, tendant vaguement l'oreille à une dispute dans le couloir, puis m'étais endormie contre Moreno qui ronflait.

Le lendemain, le ciel était bleu et Moreno joyeux comme il ne l'avait pas été depuis longtemps.

La route que nous avions choisie passait par des terres arides, hérissées de citronniers et de palmiers, des villages de plus en plus chaotiques remplis d'enfants sombres et d'hommes aux yeux fiévreux ; peu de femmes dans les rues. Nous avions fait un détour pour éviter le foutoir de Naples et mis le cap sur Ravello. La 500 avait gravi la côte du Valico di Chiunzi en seconde sans trop de peine. Et puis, tout en haut, elle avait calé. Moreno était descendu de voiture et, un fil d'herbe entre les lèvres, il s'était assis, le regard pointé sur Capri émergeant tout rose de la mer argentée. Je traficotais le moteur avec une épingle retirée de mes cheveux quand il était venu derrière moi et m'avait retournée pour m'embrasser. En me contorsionnant, l'œil toujours rivé sur le moteur, je m'étais laissé faire tout en continuant à réfléchir sur la meilleure manière de serrer la vis de compensation qui règle le carburateur.

Après nous être attablés devant une délicieuse pizza à Amalfi, baladés entre les statues énigmatiques de la Villa Cimbrone, baignés jusqu'à en avoir le corps mangé de sel dans l'anse caillouteuse de Positano – la mer était tellement plate que, les bras et les jambes en étoile, j'avais fait la planche plus d'une heure –, brunis de soleil, fatigués, nous nous étions mis à la recherche d'un refuge pour la nuit.

Tout était trop cher pour nous. Puis, à mi-chemin d'une côte gravie en première, un panneau sur un mur décrépi : *chambres à louer.*

Monastère, ancienne abbaye, chartreuse ou ermitage, une masse de pierre blonde couverte de grimpants indomptés s'érigeait entre ciel et mer avec la majesté d'une forteresse. Nous avions tiré, à tour de rôle, une corde à laquelle une cloche devait être suspendue quelque part dans une longue galerie, car on en entendait l'écho plusieurs fois répété au loin. Au bout d'un moment un garçon de sept ou huit ans presque squelettique, aussi noir de peau qu'une prune lustrée, les cheveux crépus, vêtu d'un short de boxeur en satin rouge trop grand pour lui, nous avait ouvert le lourd portail en bois. Ensuite le plus gros bonhomme que j'aie jamais vu de ma vie était arrivé en traînant ses pieds nus dans des savates déformées. Son pantalon crasseux découpé à la ceinture pour que son bide puisse s'y étaler tenait à l'aide de bretelles immondes. Moreno et moi, nous n'osions pas bouger, de peur que la porte ne se referme. Le type nous avait jeté un long regard en disant : c'est dix mille lires, et même si vous ne restez pas toute la nuit le tarif est le même. Moreno, sans même me consulter, avait acquiescé en l'écartant pour entrer. Moi, j'étais allée chercher mon sac dans la 500, heureuse comme si on allait coucher dans un cinq étoiles luxe. Tant que c'était dans les bras de Moreno, je m'en fichais pas mal. Je pensais que, quand on vit avec un cyclone, le seul endroit sûr est son œil.

Quand je me suis réveillée j'étais seule. Pendant la nuit Moreno était parti avec ma 500.

Je n'ai plus revu ni l'un ni l'autre, et non, même après la stupéfaction des premiers mois et cette douleur exquise à force d'être affinée, même une fois mes esprits retrouvés, même lorsque j'ai enfin pu recommencer à respirer, à manger, à réfléchir à peu près normalement, je n'ai jamais compris ni pourquoi il avait été avec moi, ni ce qui l'avait poussé à me quitter.

Une nuit que je conduisais ma septième 500, une jaune de 68 avec un moteur Abarth, j'ai rencontré Gregory Corso près de la Piazza Navona. Je me suis arrêtée pour le saluer mais il ne m'a pas reconnue. Il n'était déjà presque plus là.

Sur sa stèle au cimetière du Testaccio, dans sa tombe tout près de celle de Shelley comme il en avait exprimé le désir, l'un de ses poèmes est gravé sur la pierre :

*Spirit/Is life/It flows thru/The death of me/Endlessly/Like a river/Unafraid/Of becoming/The sea.*

L'esprit/Est la vie/Qui coule à travers/Ma mort/Sans fin/Comme une rivière/Qui n'a pas peur/De devenir/La mer.

# Table

## Simonetta Greggio dans Le Livre de Poche

*Col de l'Ange* n° 31525

Nunzio, architecte, a disparu depuis dix-sept jours en laissant derrière lui ses affaires, ses clients, son amant et son amie Blue. Il est mort et il est le seul à connaître la vérité. Mais le voilà qui flotte entre le monde des vivants et celui des morts. Blue ne comprend pas comment Nunzio a pu disparaître de la sorte et entreprend de se rendre au Col de l'Ange, leur village natal.

*Dolce Vita 1959-1979* n° 32563

Affaires de mœurs, scandales financiers, Brigades rouges, attentats à la bombe, enlèvement et meurtre d'Aldo Moro, mort de Pasolini, intrigues au Vatican… Dessinant le portrait infiniment romanesque de l'Italie entre 1959 et 1979, *Dolce Vita* donne les clés de sa chronique récente – la tragicomique époque Berlusconi – mais aussi de son actualité. Le dernier Guépard, en la personne du prince Malo, confesse son histoire douce-amère, celle d'une aristocratie décadente et d'une fin de règne qui n'en finit plus, car un pays qui ne fait pas les comptes avec son passé est un pays qui ne cesse de le payer.

*La Douceur des hommes* n° 30745

« Toute ma vie, j'ai aimé, bu, mangé, fumé, ri, dormi, lu. De l'avoir si bien fait, on m'a blâmée de l'avoir trop fait. Je me suis bagarrée avec les hommes pendant plus de soixante ans. Je les ai aimés, épousés, maudits, délaissés. Je les ai adorés et détestés, mais jamais je n'ai pu m'en passer… La chaleur des hommes, qui m'a si bien enveloppée, ne fait que me rendre plus odieux ce grand froid qui avance. Il n'y a pas de bras assez puissants pour m'en préserver, dans la nuit qui vient. » S.G.

*Étoiles* n° 31070

Stella adorait quand Gaspard faisait fondre dans un gaspacho des glaçons aux feuilles de basilic. Et, quand elle avait de l'appétit, il lui composait des nourritures plus consistantes, jouant sur des associations de saveurs simples : des rondelles de pomme de terre tièdes sur lesquelles il avait amoureusement déposé des pétales de truffe, une noix de Saint-Jacques en carpaccio avec une larme d'oursin sur une feuille de roquette, arrosée de trois gouttes d'huile d'olive. Fable moderne sous le soleil de Provence, ode à l'amour et à la gastronomie.

*Les Mains nues* n° 31985

Emma, la quarantaine solitaire, est vétérinaire à la campagne. Giovanni, un adolescent fugueur de quatorze ans dont elle a autrefois connu les parents, resurgit dans sa vie. Petit à petit s'installe entre eux une histoire fiévreuse et tendre, mais quand Micol, la mère de l'adolescent, vient chercher son fils, tout vole en éclats. Les conséquences seront amères. Mais de quoi, et de qui, se venge-t-on ? D'un amour qui reste tabou ? Ou d'un passé dont les blessures ne se sont pas refermées ?

*Du même auteur :*

La Douceur des hommes, Stock, 2005

Étoiles, Flammarion, 2006

Col de l'Ange, Stock, 2007

Les Mains nues, Stock, 2009

Dolce Vita 1959-1979, Stock, 2010

L'homme qui aimait ma femme, Stock, 2012

Composition réalisée par FACOMPO (Lisieux)

Achevé d'imprimer en septembre 2012 en France par
CPI BRODARD ET TAUPIN
La Flèche (Sarthe)
N° d'impression : 70188
Dépôt légal 1re publication : octobre 2012
LIBRAIRIE GÉNÉRALE FRANÇAISE
31, rue de Fleurus – 75278 Paris Cedex 06

31/6294/8